Song for Annie

Annika Lundgren

Über das Buch

Was haben eine Kneipenschlägerei, eine Entführung und ein Song gemeinsam? – Sie führen alle zu Joseph Silver, dem erfolgreichen Sänger der Band Midnight Sun.

Die Ärztin Annie wird jede Nacht von Albträumen geplagt. Dennoch versucht sie, ein möglichst normales Leben zu führen und ihre Vergangenheit hinter sich zu lassen.

Als eines Nachts Joseph in die Notaufnahme eingeliefert wird, gerät ihre mühsam aufrecht erhaltene Selbstbeherrschung ins Wanken.

Langsam entwickelt sich eine Freundschaft zwischen den beiden, doch als ihr Sohn entführt wird, führt eine unbedachte Bemerkung Josephs zum Bruch zwischen ihnen.

Was hat er mit der Entführung zu tun? Hat ihre Freundschaft überhaupt noch eine Chance? Und welche Rolle spielt ein Song?

Über die Autorin

Annika Lundgren ist das Pseudonym einer deutschen Autorin. Sie war schon immer eine Leseratte und hat selbst abends unter der Bettdecke noch gelesen. Sie hat jedes Buch verschlungen, das sie in die Finger bekam, und das hat sich bis heute nicht geändert.

Neben vielen anderen Hobbys schreibt sie auch gern Bücher und hat dafür 5 Jahre lang ein Fernstudium absolviert, um sich die Grundlagen dafür anzueignen.

2018 hat sie mit „Annie und Joseph" ihren Debütroman veröffentlicht, den sie 2022 mit einer befreundeten Autorin komplett überarbeitet hat. Sie halten das Buch gerade in Ihren Händen: „Song for Annie".

Derzeit arbeitet sie an einem fantastischen Roman, der von Mythen und Artefakten handelt, und dessen Hauptfiguren immerhin nicht weniger als 8 Planeten retten sollen.

Auch ein Kinderbuch ist in Arbeit und wartet darauf, überarbeitet und veröffentlicht zu werden.

Mit Mann, Kind und 2 Katzen wohnt Annika in einem kleinen Städtchen bei Leipzig und genießt im Sommer das Schreiben im Garten.

Sie schreibt, um Ihnen, lieber Leser, eine Freude zu machen. Wenn Ihnen ihre Bücher gefallen, dann hat sie ihr Ziel erreicht.

Song for

Annie

Impressum:

Copyright © 2023 Annika Lundgren
Herstellung und Verlag: BoD – Books on Demand, Norderstedt

Taschenbuch im Selfpublishing
13-stellige ISBN: 978 3 753 42424 8
1. Auflage April 2023
Titel: Song for Annie
Autor: Annika Lundgren

Bibliografische Information der Deutschen Nationalbibliothek:
Die Deutsche Nationalbibliothek verzeichnet diese Publikation in der Deutschen Nationalbibliografie; detaillierte bibliografische Daten sind im Internet über http://dnb.d-nb.de abrufbar.

Kontakt:
E-Mail: annika.lundgren.autorin@gmail.com
Facebook: Annika Lundgren (Autorin)
Instagram: annika.lundgren.9026

Titelgestaltung/Lektorat:
Coverdesign: Kutscherdesign
Lektorat: Nathalie C. Kutscher

Für Nathalie, die mir offen und ehrlich bei der Überarbeitung dieses Buches geholfen hat. Danke für Deine Freundschaft, meine Liebe.

Inhaltsverzeichnis

Der neue Patient

Ich hatte die Nachtschicht in der Notaufnahme über-
nommen, weil einer der Ärzte krank geworden war. Es
kursierte wieder einmal ein Magen-Darm-Virus, und
ich konnte nur hoffen, dass nicht noch mehr Personal
ausfiel.

Nachtschichten an Wochenenden in der Notaufnahme des Holy-Trinity-Hospitals waren sehr anstrengend. Das war auch den unzähligen ausländischen
Gästen geschuldet, die sich zu jeder Jahreszeit in
London tummelten.

Bis jetzt war es aber noch verhältnismäßig ruhig, nur ein gebrochener Arm, den ich eingegipst hatte, und eine Alkoholvergiftung – nicht schön, aber harmlos.

Es war kurz nach Mitternacht, als die Ambulanz eintraf und mir einen neuen Patienten brachte. Es war ein junger Mann, vielleicht Ende zwanzig, Anfang dreißig.

„Dr. Jonasson?"

Das war Mark, einer der Ambulanzfahrer. Ich kannte ihn schon seit einiger Zeit.

„Ja? Was hast du für mich?" Ich eilte ihm entgegen.

„Eine Kneipenschlägerei. Soweit wir festgestellt haben nichts Lebensgefährliches. Platzwunden am Kopf, ausgerenktes Schultergelenk und möglicherweise ein paar gebrochene Rippen. Er ist bewusstlos. Die Zeugen sagten, dass ein riesiger Kerl mit Glatze grundlos auf ihn losgegangen ist und ihn niedergeschlagen hat. Dann hat er noch auf ihn eingetreten, als er schon am Boden lag. Die Polizei war schon da und hat ihn mitgenommen. Einer der Zeugen konnte ihn ausschalten …"

„Danke Mark …" Ich war es gewohnt, dass er mir immer alles erzählte, was er wusste oder am Rande mitbekam. Manchmal war das sehr hilfreich, aber ich musste seinen Redeschwall unterbrechen, damit ich meine Arbeit tun konnte. Er wurde rot und lächelte mich entschuldigend an.

„Sorry Doc."

Rachel, eine kleine bärbeißige Frau in den Fünfzigern mit dunkler Haut und pechschwarzen Locken, schob ein Bett heran. Zu dritt hoben wir den jungen Mann von der Liege. Sein Gesicht war blutüberströmt. Eine riesige Platzwunde klaffte über seinem linken Ohr. Auch im Gesicht hatte er etliche Blessuren.

Als sie seine Kleidung aufschnitt, kamen weitere Blutergüsse und Schrammen zum Vorschein.

Wahrscheinlich hatte Mark mit den gebrochenen Rippen Recht. Der Brustkorb verfärbte sich bereits dunkel. Und auch an der Hüfte hatte er einen riesigen Bluterguss. Nach den ersten Untersuchungen konnte ich Marks Vermutung bestätigen. Mein Patient war tatsächlich nicht lebensgefährlich verletzt, aber schlimm genug, um für einige Zeit bei uns bleiben zu müssen.

Nachdem er vom Röntgen und MRT wieder zurück war, nahm ich mir seinen Bauch vor und prüfte mit einem Ultraschall-Gerät, ob es noch innere Verletzungen gab, die auf Röntgenbildern und beim MRT nicht zu sehen sind, die aber durch die brutalen Tritte durchaus möglich waren. Ich stöhnte auf, Rachel schaute mich fragend an.

„Ein Kapselriss der Milz … aber er scheint sehr klein zu sein."

Sie wusste, was zu tun war und nahm ihm mit routinierten Bewegungen Blut ab.

„Die sollen gleich eine komplette Blutuntersuchung mit allem Drum und Dran machen."

Sie nickte und verschwand ins Labor.

Ich klebte seine Platzwunden über dem Ohr und an der Augenbraue mit Gewebekleber. Es würden nur sehr feine Narben an diese Verletzungen erinnern, viel feiner, als wenn ich es genäht hätte.

Die aufgeplatzte Lippe sowie die Abschürfungen an den Wangenknochen und der Nase desinfizierte ich nur. Das Schultergelenk renkte ich mit vorsichtigen Zugbewegungen wieder ein. Ich erinnerte mich dabei an meine Ausbildung und war sehr froh, dass er nicht bei Bewusstsein war. Es ersparte ihm unerträgliche Schmerzen. Mit einem leisen Knacken glitt der Oberarm wieder in die Gelenkpfanne.

Seine Rippen tapte ich. Sie würden von allein heilen, das Tape diente als Unterstützung. Dann fixierte ich seine Schulter, indem ich den Arm in eine spezielle Schlinge steckte. Seine Hüfte musste auch einen kräftigen Schlag abbekommen haben, wahrscheinlich als er gefallen war. Ich konnte auf den Röntgenbildern eine feine Linie ausmachen, ein Haarriss im Beckenknochen.

Zum Schluss versorgte ich ihn mit einem Schmerzmittel, das über einen Tropf direkt in die Blutbahn gelangte.

Rachel kümmerte sich bereits um den unvermeidlichen Papierkram und hatte in seinem Rucksack, den mir Mark überreicht hatte, nach Papieren gesucht, die ihn identifizieren konnten. Plötzlich schnappte sie nach Luft. Ich sah zu ihr, sie wirkte überrascht und schaute mich mit weit aufgerissenen Augen schockiert an.

„Was ist?", fragte ich.

Wortlos hielt sie mir seinen Ausweis hin, und ich sah, was sie so aus der Fassung gebracht hatte. Der junge Mann war niemand anderes als Joseph Silver, Sänger der erfolgreichen Band Midnight Sun.

Rachel war fassungslos und stotterte: „Wer … wieso … das ist … warum er?" Sie war völlig aufgelöst. Ich legte ihr die Hand auf die Schulter.

„Darum wird sich die Polizei kümmern. Die haben den Schläger verhaftet. Das hat Mark mir vorhin erzählt."

Jetzt war ich froh, dass er immer so mitteilsam war.

„Komm, wir bringen ihn auf meine Station."

Sie nickte und wischte sich eine Träne weg.

„Der arme Junge …"

„Er wird wieder, das verspreche ich dir. Er wird sehr starke Schmerzmittel brauchen. Kannst du prüfen, ob wir genügend vorrätig haben?"

„Ja, das mache ich", versprach sie.

Gemeinsam rollten wir sein Bett zum Lift und fuhren in die oberste Etage der Klinik. Dort angekommen, brachten wir Joseph in ein Krankenzimmer. Rachel rollte einen Überwachungswagen in sein Zimmer und schloss ihn an alle Messinstrumente an.

Er war immer noch bewusstlos und lag still und bleich im Bett. Nachdem ich alles noch einmal überprüft hatte, kehrte ich in die Notaufnahme zurück, während Rachel auf meiner Station blieb. Der Rest der Nacht verstrich mit einigen leichteren Notfällen, keiner so schwer wie Joseph.

Gegen sechs am Morgen rief mich Rachel in der Notaufnahme an und bat mich, nach oben zu kommen.

Als ich ankam, prüfte sie gerade die Werte der Überwachungsgeräte. Joseph war aufgewacht und völlig orientierungslos. Ich trat an sein Bett, während Rachel den Raum verließ.

„Hallo Joseph. Ich bin Dr. Jonasson. Wissen Sie, wo Sie sind?"

Er brauchte ein paar Sekunden, bis sein Blick mich fand.

„Nein …", flüsterte er schließlich mit heiserer Stimme.

„Sie sind im Holy-Trinity-Hospital. Können Sie sich an die letzten Stunden erinnern?"

„Nein … nicht so richtig … ich war mit Freunden was trinken …" Seine Stimme erstarb. „Was ist passiert?", fragte er nach einer kurzen Pause.

„Sie wurden zusammengeschlagen. Ihre Freunde haben dafür gesorgt, dass Sie hierher gebracht wurden. Wie fühlen Sie sich?"

Er versuchte, sich zu erinnern. Sein Mund zuckte, dann schloss er kurz die Augen und murmelte: „Wie von einem Panzer überrollt."

„Ja, das kann ich mir vorstellen", sagte ich.

„Sie wurden übel zugerichtet, aber machen Sie sich keine Sorgen, es wird alles heilen. In ein paar Wochen sind Sie wieder ganz der Alte."

Er atmete tief ein und zuckte leicht zusammen. Seiner Kehle entrang sich ein Ächzen, als er wieder ausatmete.

Ich prüfte den Tropf und erhöhte etwas die Dosis.

„Das ist Flüssigkeit mit einem Schmerzmittel, es sollte bald besser werden. Sie haben einen Knopf neben Ihrer Hand liegen. Klingeln Sie, wenn Sie etwas brauchen oder die Schmerzen wieder stärker werden. Wir überwachen zusätzlich Ihre Vitalfunktionen."

Die verschiedenen Apparate neben seinem Bett blinkten und piepten.

Ich informierte ihn über das, was sich an dem Abend zugetragen hatte.

„Wissen meine Freunde, wo ich bin?", fragte er mit schwacher Stimme.

„Ja, der Fahrer des Krankenwagens hat es ihnen gesagt."

„… meine Eltern anrufen … krank vor Sorge …", nuschelte er, schon etwas benommen.

„Mach ich. Aber ruhen Sie sich jetzt erst mal aus. Das Schmerzmittel macht müde. Wenn Sie aufwachen, sieht die Welt schon wieder anders aus."

Ich lächelte ihn beruhigend an.

„'key …", murmelte er noch, dann schlief er ein und seine Atmung wurde ruhiger und gleichmäßig.

Ich verließ das Zimmer und begab mich wieder in die Notaufnahme, wo es für einen Samstagmorgen erstaunlich ruhig war. Ich sagte dem leitenden Arzt, dass er mich in meiner Praxis erreichen würde, sofern ein neuer Notfall meine Anwesenheit erforderte.

Ich hatte das große Glück, meine eigene chirurgische Praxis in einem der obersten Flure der Klinik zu haben. Dort behandelte ich meine eigenen Patienten, konnte aber immer auf die Technik der Klinik zurückgreifen, wenn es notwendig war. Ich hatte mein eigenes Personal, Rachel war eine von ihnen. In hellen und freundlichen Krankenzimmern konnte ich meine Patienten fernab vom hektischen Klinikalltag individuell betreuen. Sie wussten diesen Komfort sehr zu schätzen und waren bereit, den Preis dafür zu zahlen.

Ich hatte keine Sekunde gezögert, Joseph Silver hierher zu bringen. Ich wollte ihn nicht in einem der vielen anonymen Zimmer wissen. Ich kannte den Hype um ihn. Hier war er sicher und konnte sich in Ruhe von seinen Verletzungen erholen.

Am Eingang unserer Praxis hatten wir immer einen Wachmann stehen, der für unsere und die Sicherheit unserer Patienten sorgte.

Nachdem mehrere Besucher, vor allem Reporter und Fotografen sich unerlaubt Zutritt verschafft hatten, hatte ich Jeff und Daniel engagiert. Sie standen immer mit mir in Verbindung und haben schon so manchen Störenfried von seinem Vorhaben abgehalten.

Ich schaute noch mal nach Joseph, er schlief tief und fest. Dann besprach ich mit Rachel und meinem Pfleger Dean, der gerade angekommen war, die vergangene Nacht und plante den kommenden Tag. Wir verabschiedeten uns, und ich fuhr mit dem Lift in das Dachgeschoss, wo ich meine Wohnung hatte.

Heute war Sonnabend, und meine Praxis hatte geschlossen. Ich konnte mich also ein paar Stunden hinlegen und später wieder nach Joseph schauen.

Aber zuerst musste ich noch jemandem guten Morgen sagen. Schwungvoll öffnete ich meine Wohnungstür.

Er saß im Wohnzimmer auf dem Boden. Als er mich hörte, sprang er auf und rannte auf mich zu. Er trug noch den Winnie-Pooh-Schlafanzug und hatte seine Schmusemaus in der Hand. Sie war schon ganz abgegriffen, aber sie musste ihn überall begleiten. Ich konnte ihn nur mit einem Eis bestechen, sie mir zum Waschen zu geben. Danach knuddelte er sie immer mit einer Hingabe, als hätte er sie Monate nicht gesehen. Es war zum Dahinschmelzen, aber es trieb mir auch jedes Mal die Tränen in die Augen, da es mich schmerzhaft an unseren Verlust erinnerte.

„Guten Morgen, mein Großer." Ich hockte mich hin und begrüßte ihn. Er strahlte mich an und legte seine kleinen Arme um meinen Hals. Dann drückte er mir ein Küsschen auf die Wange, und wir rieben unsere Nasen aneinander.

„Ja, ich hab dich auch ganz doll lieb", erwiderte ich seine Liebesbekundung.

Er drückte mich noch einmal ganz fest, dann lief er schnell in die Küche.

„Guten Morgen, Annie."

„Das wünsche ich dir auch, Clare."

Clare war Sammys Kindermädchen. Sie war ein wenig schräg und verrückt, aber sie liebte Kinder und vergötterte Sammy. Er wickelte sie regelmäßig um den Finger, und sie gab ihm alles, was er wollte, na ja … fast alles. Ein paar Regeln hatten beide schon zu befolgen, aber sie verstanden sich prächtig.

„Wie war die Nacht? Gab es ein paar hübsche Mädels für mich?", scherzte Clare.

„Nein, heute Nacht war nicht viel los. Und auch keine Mädels – leider …", erwiderte ich ihre Neckerei. Sie hatte mit Männern nichts am Hut und war lieber mit Mädchen zusammen. Aber das war völlig ok für mich. Hauptsache, Sammy war glücklich.

„Hat Sammy gut geschlafen?", fragte ich sie leise.

„Nein, es war wieder der übliche Albtraum. Aber ich konnte ihn trösten, und er hat weiter geschlafen."

Ihr Ton war traurig. Clare war sehr sensibel. Sie wusste, warum Sammy Albträume hatte, und litt jedes Mal mit, wenn er weinend aufwachte.

„Möchtest du Kaffee und ein Croissant?", fragte sie etwas heiterer.

„Ja, das habe ich mir jetzt wirklich verdient. Danach hole ich ein wenig Schlaf nach."

„Das werde ich nie verstehen, wie du trotz Kaffee schlafen kannst", meinte sie kopfschüttelnd.

„Kaffee ist für mich das beste Schlafmittel." Ich lachte. Sie zog eine Augenbraue hoch, sagte aber nichts, sondern goss mir den frisch gebrühten Kaffee in meine blaue Lieblingstasse mit Sonnenblumen-motiv ein.

Ich nahm einen großen Schluck, biss von dem fri-schen Croissant ab und beobachtete Sammy, der seine Maus auf den Tisch gesetzt hatte, und sich vergnügt Cornflakes in den Mund schaufelte. Von seinen Alb-träumen war Gott sei Dank morgens nichts mehr übrig. Das tröstete mich etwas.

Später kuschelte ich mich in mein Bett, konnte aber nicht einschlafen. Ich musste an Joseph denken. Er hatte so verletzlich ausgesehen, als er schlafend in dem großen Krankenhausbett lag. Wie konnten Men-schen einander nur so wehtun? Ich würde es nie ver-stehen. Ich hoffte nur, dass er so schnell wie möglich wieder auf die Beine kam.

Meine Gedanken wanderten weiter zu Sammy, meinem kleinen vierjährigen Sohn, der versuchte, den Verlust seines Vaters zu verarbeiten. Fast jede Nacht hatte er diese Albträume, aus denen er weinend auf-wachte. Das war für ihn oft so schlimm, dass ich ihn ins Wohnzimmer tragen musste, alle Lichter anschal-tete und ihm eine warme Milch machte. Um ihm wenigstens für den Rest der Nacht einen einigermaßen ruhigen Schlaf zu ermöglichen, nahm ich ihn dann meistens mit in mein Bett. Am Morgen war alles vergessen.

Als mein Wecker klingelte, streckte ich mich genüsslich. Mir war angenehm warm, da die Sonne direkt auf mein Bett schien. Tatsächlich fühlte mich etwas erholt. Das lag wahrscheinlich an der einschläfernden Wirkung des Kaffees, dachte ich und musste grinsen.

Schnell zog ich mir ein paar bequeme Sachen an und lief ins Wohnzimmer. Clare saß auf der Couch und summte vor sich hin, während sie auf ihrem Skizzenblock ein paar Figuren hinkritzelte.

„Ein neuer Comic?"

„Ja, zumindest habe ich schon ein paar Ideen für die Figuren und was sie so anstellen könnten."

Sie beugte sich über ihren Block und arbeitete konzentriert weiter.

„Aber ich schau mal, was Sammy in der nächsten Zeit so anstellt, dann wird mir schon noch mehr einfallen."

„Also ist Sammy deine Muse?"

„Mmh ... ja, das trifft's ganz gut." Sie grinste schelmisch.

Ich musste ebenfalls lachen.

„Da ist noch was vom Mittagessen übrig. Magst du?"

Sie legte den Block beiseite und wandte sich mir zu.

„Was gab's denn?"

„Heute durfte Sammy sich was wünschen ..."

„Also Spaghetti mit Tomatensoße?"

„Genau."

„Ja, das klingt gut."

Sie war schon aufgesprungen und klapperte in der Küche mit dem Geschirr. Ein paar Minuten später reichte sie mir einen Teller mit dem dampfenden Essen und Besteck dazu.

„Danke."

Sie ließ sich auf der Couch nieder und nahm wieder ihren Skizzenblock zur Hand. Eine Weile saßen wir schweigend beisammen, sie malte, ich aß. Als ich fertig war, schaffte ich meinen leeren Teller in die Küche. Auf dem Weg fragte ich sie über die Schulter: „Ich mach mir einen Kaffee, willst du auch einen?"

„Ja, gerne."

Mit dem Kaffeebecher in der Hand genoss ich die Ruhe und den Sonnenschein, der mein Wohnzimmer in goldenes Licht tauchte. Sammy würde bald wieder aufwachen, dann würden wir auf den Spielplatz gehen, das hatte ich ihm versprochen.

Mein Telefon klingelte. Dean war dran.

„Annie?"

„Ja?"

„Könntest du bitte mal kommen? Ich habe hier die Eltern von Joseph, sie wollen ihn sehen und mit einem Arzt sprechen."

„Gib mir fünf Minuten, ich bin gleich da."

„In Ordnung, bis gleich."

„Ich muss kurz runter auf meine Station, sollte aber nicht zu lange dauern. Bis Sammy aufwacht, bin ich hoffentlich wieder da", rief ich Clare zu.

Ich zog mich rasch in meinem Büro um, dann suchte ich Dean. Als er mich kommen sah, lächelte er.

„Sie sind im Wartebereich und wirken ziemlich aufgelöst."

„Das kann ich mir gut vorstellen. Ich geh gleich zu ihnen. Was machen Josephs Werte?"

„Der Tropf ist bald leer, und er wird langsam wieder wach."

„Alles klar, bereitest du eine neue Infusion vor?"

Im Wartebereich saßen Josephs Eltern. Seine Mutter hatte ihren Kopf an die Schulter ihres Mannes gelehnt und wischte sich mit einem Taschentuch eine Träne weg. Sein Vater hatte seinen Arm liebevoll um sie gelegt und tröstete sie mit leisen Worten. Als ich eintrat, sahen beide auf.

„Guten Tag, ich bin Dr. Jonasson. Sie sind die Eltern von Joseph Silver?"

„Wie geht es unserem Sohn?", fragte sie erstickt.

„Es geht ihm den Umständen entsprechend. Er bekommt momentan sehr starke Schmerzmittel. Aber ich kann Sie beruhigen, er ist nicht lebensgefährlich verletzt. Er wird wieder vollständig gesund werden."

Sie wischte sich erneut eine Träne weg.

„Können wir ihn sehen?", fragte sein Vater.

„Selbstverständlich, kommen Sie bitte mit."

Ich begleitete sie zu Josephs Zimmer. Vor der Tür blieb ich stehen und drehte mich zu den beiden um.

„Bitte erschrecken Sie nicht, sein Gesicht hat einiges abbekommen, aber es sieht schlimmer aus, als es ist."

Ich öffnete die Tür, und wir traten ein. Hinter mir hörte ich einen erstickten Schrei. Als ich mich umsah, hatte Josephs Mutter ihr Gesicht an der Brust ihres Mannes vergraben, ihre Schultern bebten. Er strich ihr beruhigend darüber, auch in seinen Augen glitzerten Tränen.

Ich wandte mich Joseph zu, der merklich unruhiger war als noch vor ein paar Stunden. Ich konnte seine Eltern sehr gut verstehen. Es ist ein schreckliches Gefühl, einen geliebten Menschen in so einem Zustand zu sehen. Auch wenn ihr Sohn wieder vollständig gesund werden und alle seine Wunden heilen würden, so war es doch dieser Moment, der sich in das Herz und in die Erinnerung eingräbt und einem unsere Verletzlichkeit umso deutlicher vor Augen führt. Für die meisten gibt es Hoffnung, aber ich hatte in meinem Alltag auch hoffnungslose Fälle erlebt. Es ist furchtbar, wenn man für einen Patienten nichts mehr tun kann. Aber es ist noch tausendmal schlimmer, es seinen Nächsten mitzuteilen, die Trauer und den Schmerz in ihren Augen zu sehen und zu wissen, dass man diese Wunden auch mit modernster Medizin nicht heilen kann.

Josephs Mutter hatte sich etwas beruhigt und kam nun vorsichtig näher. Ihr Mann hielt sie umschlungen und stützte sie.

Sie schauten beide zu ihrem Sohn. Josephs Gesicht zuckte, er bewegte sich unruhig.

Ich berührte seine Schulter.

„Joseph?"

Er blinzelte in das helle Licht.

„Mmh?"

„Ihre Eltern sind hier."

Nun öffnete er die Augen ganz.

„Joseph!" Seine Mutter eilte zu ihm ans Bett, blickte ihn liebevoll an und strich ihm vorsichtig über die Haare.

„Mom ... Dad!", flüsterte Joseph heiser.

Sein Vater nickte ihm zu.

„Wie geht es dir?", wollte seine Mutter wissen.

Er blickte verlegen zu Seite und wurde rot.

„Ich … ähm … ich muss mal …"

„Ich erledige das", sagte Dean, der gerade mit einem neuen Infusionsbeutel das Zimmer betrat.

„Dann lassen wir die beiden kurz allein", schlug ich vor und ließ ihnen den Vortritt. „Am besten kommen Sie kurz in mein Büro."

Sie folgten mir.

„Wie schwer ist er verletzt?", wollte sein Vater wissen, als wir uns gesetzt hatten.

Ich erklärte ihnen, wie es um ihn stand. Sie nickten beide und schienen den ersten Schock überwunden zu haben.

„Aber wie gesagt, er befindet sich nicht in Lebensgefahr. Er wird wieder ganz gesund werden", beendete ich meinen Bericht. Beide schauten mich erleichtert an.

„Können wir ihn nochmal sehen?", fragte seine Mutter.

„Selbstverständlich."

In diesem Moment steckte Dean seinen Kopf zur Tür herein und nickte mir zu.

Als wir wieder im Krankenzimmer waren, setzten sich Josephs Eltern auf die Stühle, die Dean ihnen neben das Bett gestellt hatte.

„Haben Sie Schmerzen?", fragte ich Joseph.

„Im Moment geht es noch."

„Gut, dann lasse ich Sie kurz mit Ihren Eltern allein. Wenn es nicht mehr geht, klingeln Sie, ja?"

Er nickte, und ich verließ das Zimmer.

Mit Dean schaute ich mir Josephs Vitalwerte an. Die Anzeigen waren alle unauffällig.

„Sind eigentlich die Blutwerte von Joseph da?"

„Ja, das Labor hat sie vorhin übermittelt."

„Ich sehe sie mir gleich hier an. Kannst Du derweil den Ultraschall in sein Zimmer bringen?"

Er nickte, stand auf und überließ mir seinen Stuhl. Zufrieden stellte ich fest, dass seine Blutwerte in Ordnung waren.

In diesem Moment leuchtete das Rufsignal von seinem Zimmer auf, und ein leises Piepen ertönte. Eilig lief ich in Josephs Zimmer und trat an sein Bett. „Ich muss Joseph noch einmal untersuchen. Wenn Sie morgen um diese Zeit wiederkommen wollen, dann wird er sich schon ein wenig besser fühlen."

Seine Eltern verabschiedeten sich von ihrem Sohn und verließen das Zimmer.

Ich wandte mich an Joseph. „Ich muss mir Ihren Bauch im Ultraschall ansehen. Das würde ich sehr gern machen, wenn Sie noch nicht schlafen. Halten Sie es noch fünf Minuten aus?"

„Ja ... geht schon ..."

„Gut, dann los."

Ich beeilte mich und freute mich, dass sich der Zustand der Milz nicht verschlimmert hatte. Joseph lächelte schwach, als ich ihm das erzählte.

„Mich haut so schnell nichts um", sagte er mit einem schiefen Grinsen im Gesicht. Dann kniff er die Augen zusammen und verzog das Gesicht. „Na ja ... fast nichts ...", setzte er gepresst hinzu, als er sich wieder entspannt hatte.

„Alles klar ... verstehe. Wollen Sie jetzt trotzdem Ihre Schmerzmittel haben?"

„Ausnahmsweise ...", murmelte er erschöpft, während ich die neue Infusion anschloss.

Ich lächelte ihn an, und er entspannte sich, als die Wirkung einsetzte.

„Danke", flüsterte er noch, dann war er schon eingeschlafen.

Ich verließ das Zimmer und gab Dean Bescheid, dass er mich wie immer in dringenden Fällen auf meinem Handy erreichen konnte.

Als ich die Wohnungstür hinter mir schloss, hörte ich Clare mit Sammy sprechen. Sie erzählte ihm alles Mögliche, aber er sagte wie immer nichts. Ich konnte den beiden stundenlang bei ihrer einseitigen Konversation zuhören. Auch wenn er nicht antwortete, so merkte ich doch, dass Sammy es mochte, wie unbeschwert und liebevoll sie sich um ihn kümmerte.

Ich betrat leise sein Zimmer und sah zu, wie er sich geduldig von ihr anziehen ließ. Ab und zu wuschelte er ihr in den wilden Locken herum. Sie lachte ein helles Glockenlachen und zwickte ihn in die Nase. Er kicherte.

Dann war er fertig und drehte sich zu mir um. Er holte tief Luft, als er mich sah, und stürmte auf mich zu. Ich fing ihn auf und wirbelte ihn einmal im Kreis. Ich nahm ihn auf meinen Arm und fragte: „Wollen wir jetzt auf den Spielplatz gehen?"

Er nickte begeistert und zappelte, damit ich ihn runterließ. Dann lief er in den Flur, um sich seine Schuhe anzuziehen.

Clare hatte uns schon eine kleine Tasche mit einem Nachmittagspicknick und Getränken fertig gemacht. Sie war so eine gute Seele und sehr aufmerksam.

Mit seinem Sandspielzeug bewaffnet, erwartete mich Sammy.

„Bis nachher", verabschiedete ich mich von Clare. Dann zog mich Sammy aus der Tür.

Der Spielplatz lag in einem riesigen Innenhof. Darum gruppierten sich die Gebäude des Holy-Trinity-Hospitals, des dazugehörigen Kindergartens und einer Schule. Sie gehörten alle zu einem christlichen

Orden, dessen Kirche sich ebenfalls in unmittelbarer Nähe befand. An den Wochenenden wurden wir immer durch wunderschönes Glockengeläut geweckt.

Ich besuchte die Kirche gelegentlich, nicht weil ich an Gott glaubte oder an den Gottesdiensten teilnahm, sondern weil ich manchmal einfach die Stille in diesen hohen, kühlen und dunklen Räumen genoss. Dann hielt ich stumme Zwiesprache mit mir selbst und versuchte, mir klar zu werden, was ich eigentlich von mir und meinem Leben erwartete. Meist kam ich zu dem Schluss, dass mein eigenes Unglück gering war im Gegensatz zum Unglück vieler anderer Menschen, und dass ich für meinen Sohn stark sein musste. Er hatte noch sein ganzes Leben vor sich und sollte den besten Start haben. Jede Mutter wünschte sich das für ihr Kind und würde alles dafür geben. Ich war da keine Ausnahme. Und natürlich versuchte ich, es ihm nach dem traumatischen Ereignis von vor zwei Jahren so schön wie möglich zu machen, ihn die Albträume vergessen zu lassen und ihn wieder zum Sprechen zu bringen. Aber was konnte ich schon tun, wenn etwas tief in ihm drin dies nicht zuließ? Nichts, ich konnte nur abwarten und darauf hoffen, dass auch bei ihm die Zeit alle Wunden heilte.

Sammy zog ungeduldig an meinem Arm, wir waren am Spielplatz angekommen. Ich hatte es gar nicht gemerkt, so versunken war ich in meine Gedanken. Er zog mich schnurstracks zur Schaukel.

„Willst du schaukeln?"

Er nickte begeistert und rannte los. Ich hob ihn auf den Sitz und schob ihn an. Er genoss den Wind, der ihm durch die Haare wehte und lachte über das ganze Gesicht.

Schließlich hatte er genug und kletterte vom Sitz. Er kam zu mir, warf sich in meine Arme und drückte mich. Das war seine Art, mir zu sagen, dass es ihm gefallen hatte.

Mit seinem Sandspielzeug und mir im Schlepptau lief er zum Sandkasten. Dort waren schon andere Kinder, aber Sammy spielte lieber allein. Er suchte sich eine leere Ecke und buddelte mit der Schaufel ein Loch, um an den feuchten Sand zu kommen. Die ersten Sandkuchen fielen auseinander, aber schnell hatte er den Bogen raus, und der Kuchen behielt die Form.

Nachdem wir unser kleines Picknick verspeist hatten, zusammen noch einige Sandkuchen gebacken, eine Burg gebaut und einen Tunnel gegraben hatten, war es Zeit für den Rückweg. Er verzog seinen Mund zu einer Schnute, aber die Aussicht auf Clares Koch-künste stimmten ihn um. Ich klopfte ihm den Sand aus den Sachen und packte sein Spielzeug zusammen.

Nach dem Abendbrot brachte ich Sammy ins Bett.

Ich las ihm noch eine seiner Lieblingsgeschichten vor, aber noch bevor ich geendet hatte, war er schon eingeschlafen. So drückte ich ihm noch einen Kuss auf die Stirn, zog seine Bettdecke glatt und knipste das Nachtlicht an. Ich hoffte, dass er diese Nacht vielleicht keinen Albtraum hatte. Dann verließ ich leise sein Zimmer, ließ die Tür aber einen Spalt offen.

Gemeinsam mit Clare beseitigte ich die Reste der Küchenschlacht.

„Ich muss nachher noch mal runter auf Station."

„Kein Problem, ich bin da, falls Sammy aufwacht."

„Ach Clare, habe ich dir jemals gesagt, dass du ein Schatz bist? Ich wüsste nicht, wie ich das alles ohne dich schaffen würde."

„Dann gäbe es jemanden anderes", sagte sie schlicht.

„Ich weiß nicht … kann ich mir nicht vorstellen, Sammy betet dich an. Ihr seid einfach ein tolles Team."

Sie lachte. „Ja, wir sind in der Tat ein tolles Team."

Dann stand sie auf, streckte sich und packte ihre Zeichensachen zusammen, „Ich bin in meinem Zimmer."

„Alles klar, bis später", rief ich ihr nach und ließ mich auf der Couch nieder. Clare verschwand in ihrem Zimmer.

Ich hatte noch ungefähr eine Stunde Zeit und wusste nicht so recht, was ich damit anfangen sollte. Also holte ich mir noch einen Kaffee und setzte mich an meinen kleinen Schreibtisch im Wohnzimmer. Ich schaute mich um und stellte fest, dass ich hier lange nicht mehr aufgeräumt hatte. Also beschloss ich, die Stunde dafür zu nutzen.

Ich zog die Schubfächer der rechten Seite auf und entleerte den Inhalt auf die Schreibtischplatte. Herrje, war das viel Kleinkram. Ich staunte, was sich im Laufe der Zeit angesammelt hatte. Ich sortierte alles sorgfältig ein, dann machte ich das gleiche mit den Schubfächern der linken Seite. Noch mehr Kleinkram kam zum Vorschein – und ein Foto von Benni, Sammy und mir im Krankenhaus. Ich hatte keine Ahnung, wie dieses Bild dahin kam. Ich hatte alle Fotos von uns sorgfältig in Alben und diese wiederum in Kisten verwahrt. Wenn ich sie mir ansehen wollte, musste ich diese Kisten öffnen. Ich konnte nicht zufällig darüber stolpern – und das war auch gut so. Niemals hätte ich es ertragen, ständig auf Kommoden oder Kaminsimsen mit den Bildern meiner Vergangenheit konfrontiert zu werden.

Ich starrte auf das Bild in meiner Hand. Ich wusste noch genau, wann es aufgenommen wurde. Es war wenige Stunden nach der Geburt von Sammy gewesen. Die Schwester, die Sammy entbunden hatte, hat es geschossen. Sie war ganz vernarrt in unseren Sohn. Und als sie noch mal nach uns gesehen hatte, hatte Benni sie um dieses Foto gebeten. Benni lachte überglücklich in die Kamera, Sammy hatte im Schlaf die Nase krausgezogen, und ich lächelte einfach nur erschöpft, aber glücklich.

Es war ein besonderer Moment in unserem Leben gewesen, der Moment, wo aus unserer Liebe ein Wunder entstanden war. Sammy war unser ganz privates großes Wunder. Er war unser Licht, unsere Sonne, unser ganzes Glück.

Aber so ändern sich die Zeiten, dachte ich bitter. Sammy war noch da und machte mich auf seine Weise jeden Tag glücklich. Benni war gegangen. Jetzt fehlte mir eine Sonne, und ich war aus dem Gleichgewicht geraten und trudelte im All herum. Würde ich mich jemals wieder fangen und auf eine halbwegs normale Umlaufbahn finden?

Seufzend steckte ich das Bild wieder in die Schublade, wo ich es gefunden hatte, und räumte den Rest auch noch weg. Als ich fertig war, war fast acht, und ich machte mich auf den Weg nach unten zu Joseph.

Als ich am Empfang ankam, hatte Rachel schon ihren Dienst aufgenommen. Sie reichte mir eine Notiz.

„Inspector Blunt hat angerufen. Er möchte mit dir sprechen. Hier ist seine Nummer."

Ich nickte, es überraschte mich nicht, von Inspector Blunt zu hören. Wir hatten in der Vergangenheit schon des Öfteren zusammengearbeitet. Er war ein guter Mensch, ich mochte ihn. Ich steckte den Zettel in meine Tasche. Rachel übergab mir Josephs Akte und sagte: „Er ist gerade aufgewacht."

„Danke Rachel."

„Den Tropf habe ich vor ein paar Minuten getauscht."

„Du bist ein Schatz. Bis gleich." Lächelnd verschwand ich in Josephs Zimmer.

Joseph hatte die Augen geschlossen. Als er die Tür hörte, öffnete er sie.

„Hallo Joseph", begrüßte ich ihn.

„Hi Doc", sagte er schwach.

„Ich möchte ich Sie noch mal kurz untersuchen."

Er nickte, und ich beeilte mich. Sein Zustand hatte sich nicht verschlechtert, das hatte ich gehofft.

„Alles gut, Sie haben es gleich geschafft", sagte ich und prüfte noch einmal die Geschwindigkeit des Tropfes, während er mich aus halb geschlossenen Augen beobachtete.

„Es wird gleich besser", versprach ich ihm.

Er lächelte matt, dann schloss er die Augen. Sein Atem wurde wieder tiefer und regelmäßig – er war eingeschlafen.

Als ich die Tür hinter mir schloss, hörte ich, wie Rachel mit einer Frau sprach. Sie argumentierte sehr vehement, während Rachel in ihrer ruhigen und resoluten Art reagierte.

„… nein, Sie können nicht zu ihm. Die Besuchszeit ist lange vorbei."

„Ich bin extra jetzt noch vorbeigekommen, ich habe es erst vorhin erfahren. Ich möchte ihn nur kurz sprechen."

„Es tut mir leid …", setzte Rachel an. Ich trat näher. „… ah, Annie. Gut, dass du kommst. Die Dame ist die Verlobte von Joseph und möchte ihn gern sprechen."

„Danke Rachel." Ich lächelte sie an und wandte mich der jungen Frau zu.

Josephs Verlobte war hoch gewachsen, elegant gekleidet und sehr schlank, fast dürr. Sie trug extrem hohe Schuhe und war sehr stark geschminkt.

„Guten Abend. Mein Name ist Dr. Jonasson." Ich reichte ihr die Hand. Sie ergriff sie mit festem Händedruck. „Ich bin Donna, die Verlobte von Joseph. Ich möchte ihn gern sprechen." Sie sagte das in einer so selbstsicheren Art, dass ich sie fast bewunderte.

„Donna, heute Abend nicht mehr. Er schläft bereits. Wenn Sie morgen gegen Mittag kommen möchten, dann ist er höchstwahrscheinlich wach."

„Aber …", wollte sie widersprechen.

„Nein!", sagte ich mit fester Stimme. „Nicht mehr heute Abend. Ich muss Sie bitten zu gehen. Kommen Sie morgen wieder."

Ihr traten die Tränen in die Augen. Verdammt! Auch das noch! Warum mussten solche Frauen immer gleich zu dieser Allzweckwaffe greifen? Ich bekam Mitleid mit ihr und sagte in versöhnlichem Ton: „Ok, Sie können einen kurzen Blick ins Zimmer werfen, aber nur von der Tür aus."

Sie schaute mich dankbar an und nickte. Ich führte sie zu Josephs Zimmer, öffnete die Tür und ließ sie vor. Als sie seinen zerschundenen und reglosen Körper sah, schlug sie sich die Hände vor das Gesicht und schluchzte. Ich legte ihr meine Hand auf die Schulter, zog sie sanft aus dem Zimmer und schloss die Tür wieder.

„Wird er … wird er wieder gesund?", fragte sie, während ihr eine Träne über die Wange rollte.

„Ja, das wird er."

„Ok." Erleichtert lächelte sie mich an. „Und morgen kann ich ihn dann sprechen?"

„Wenn er wach ist, ja", versprach ich ihr.

„Gut, dann bis morgen. Auf Wiedersehen."

Sie drehte sich um und verschwand. Erstaunlich, wie Frauen in solchen Stöckelschuhen so schnell laufen konnten.

Ich schaute ihr verwundert hinterher. Da hatte sich aber jemand schnell von dem Schock erholt. Aber wahrscheinlich hatte sie es nur sehr eilig. Ich schüttelte den Kopf.

Rachel saß in diverse Krankenakten vertieft am Empfang. Als ich zu ihr trat, schaute sie auf.

„Am Montagnachmittag hast du einen OP-Termin mit Mrs ..." Sie blätterte, aber ich wusste, wen sie meinte.

„Ja, ich erinnere mich."

„Sie kommt vormittags in deine Sprechstunde und bleibt dann da. Ach ja, noch was. Wir haben ab Montag eine neue Lernschwester, sie heißt Phoebe."

Ich verzog das Gesicht. „Auch das noch ... aber danke für das Update. Ich geh dann mal wieder nach oben. Morgen früh schaue ich kurz rein."

„Ja, schlaf dich aus. Wir sehen wir uns morgen früh."

„Danke Rachel. Dir eine ruhige Nacht."

Als ich die Wohnungstür leise schloss, war es ruhig, nur aus Clares Zimmer hörte ich ihre gedämpfte Stimme. Offenbar telefonierte sie mit einer ihrer vielen Freundinnen.

Ich kickte meine Schuhe beiseite und lief in die Küche. Im Kühlschrank stand noch eine angebrochene Flasche Wein. Ich goss mir ein Glas ein, prostete meinen Dämonen zu, die mich heute Abend in Schach gehalten hatten, und trank einen Schluck.

Ich gab mich meinen Gefühlen hin, als der Wein fein prickelnd meine Kehle hinunterlief, setzte mich auf die Couch, trank in langsamen Schlucken und versuchte, an nichts zu denken. Aus unerklärlichen Gründen gelang mir das sogar.

Als ich das leere Glas in der Küche abgestellt hatte, löschte ich alle Lichter und zog mich ins Schlafzimmer zurück. Es war recht sparsam eingerichtet – ein Doppelbett, eine Kommode mit Spiegel und Stuhl davor sowie ein kleines Bücherregal. Eine Tür führte in den begehbaren Kleiderschrank, eine andere in das angrenzende Bad und die dritte hinaus in den Korridor. Ich hatte alles in Cremeweiß und Blassblau eingerichtet. Das erinnerte mich immer an die hellen Sommertage an der Ostseeküste von Schweden. Dazu gab es einige mediterrane Accessoires auf der Kommode und dem Bücherregal sowie passende Bilder an den Wänden. Selbst der blassblaue Teppich auf dem hellen, fast sandfarbenen Parkett passte dazu. Mein Schlafzimmer war meine Oase, meine Zuflucht, wenn mich mal wieder meine Gefühle und Erinnerungen überrannten.

Nach einer ausgiebigen Dusche fühlte ich mich besser und bereit für mein Bett. Es war zwar noch nicht so spät, aber ich hatte einige Stunden Schlaf nachzuholen.

Vorher schaute ich noch einmal nach Sammy und beschloss, es heute Nacht nicht darauf ankommen zu lassen. Als ich ihn vorsichtig in mein Bett trug, murrte er kurz, wachte jedoch nicht auf. Ich deckte ihn zu, ließ mich müde in die Kissen sinken und schmiegte mich an ihn.

-oOo-

Am nächsten Morgen erwachte ich, als die Sonne gerade hinter den ersten Häusern hervorlugte. Obwohl es noch sehr zeitig war, fühlte ich mich ausgeruht.

Sammy lag neben mir und schlief tief und fest. Seine Haare standen in alle Richtungen ab. Sein kleines rundes Gesicht war entspannt, die Lippen leicht geöffnet. Er sah so friedlich aus. Es war gut, dass ich ihn sofort mit in mein Bett genommen hatte. Unsere Nacht war ohne Albträume vergangen.

Ich stand vorsichtig auf, um ihn nicht zu wecken. Dann öffnete ich das Fenster und trat auf die Terrasse. Es war angenehm frisch, die Luft sauber und klar, im Innenhof sangen Vögel. Die Stadt erwachte langsam zum Leben, gedämpfter Straßenlärm drang zu mir hoch. Eine leichte Brise wehte durch meine Haare und die Sonne kitzelte meine Nase.

Als ich mich fertig gemacht hatte, legte ich Sammys Schmusemaus in seine Arme, deckte ihn zu und gab ihm einen Kuss auf die Stirn. Dann verließ ich leise die Wohnung.

Dean war schon da und saß mit einer Tasse Kaffee neben Rachel auf dem Tresen vom Empfang, ein Bein lässig auf dem Boden abgestellt.

„Guten Morgen, Annie", begrüßten mich beide gut gelaunt.

„Guten Morgen, ihr zwei", grüßte ich zurück. „Gibt's was Neues?"

„Die Nacht war sehr ruhig", sagte Rachel.

„Wie geht's Joseph?"

„Er hat gegen zwei einen neuen Tropf bekommen. Seitdem schläft er sehr ruhig."

„Danke."

Leise öffnete ich die Tür zu Josephs Zimmer. Er schlief noch. Ich betrachtete ihn, sein Gesicht sah friedlich aus. Er atmete tief und gleichmäßig. Ich konnte meinen Blick nicht von ihm losreißen. Als ich es doch schaffte und mich zum Gehen wandte, bewegte er sich. Ich erstarrte und schaute zu ihm. Er seufzte und murmelte etwas Unverständliches, dann war er wieder ruhig. Ich verließ schnell das Zimmer und eilte zum Empfang.

Jeden Tag nahm ich mir am Morgen ein paar Minuten Zeit, wo es sich nicht um die Arbeit drehte. Heute erzählte mir Dean von seiner Frau Dana und dass sie sich beide auf ihr erstes Kind freuten, das in vier Monaten zur Welt kommen sollte.

„Wisst ihr schon, was es wird?", fragte ich ihn.

„Nein, Dana wollte nicht, dass unsere Verwandten alles in rosa oder blau anbringen." Er schmunzelte belustigt.

Ein Piepsen sowie ein rotes Blinklicht beendeten unser Gespräch.

„Ich organisiere mal das Frühstück für Joseph", kündigte Dean an und verschwand.

Ich betrat Josephs Zimmer. Er war wach und sah besser aus als gestern, etwas munterer. Wahrscheinlich fühlte er sich auch schon etwas besser.

„Guten Morgen, Joseph. Wie geht es Ihnen?"

„Ein bisschen besser, bin aber immer noch ziemlich geschafft."

„Haben Sie im Moment Schmerzen?"

„Nein, keine."

„Gut. Was meinen Sie, schaffen Sie es, sich mit meiner Hilfe hinzusetzen?"

„Ich weiß nicht, probieren wir es aus."

Ich half ihm, sich aufzusetzen und ihn so zu drehen, dass seine Beine aus dem Bett hingen.

Er hatte die Augen zugekniffen und seine Hand darüber gelegt.

„Schwindlig?"

„Mmh … eine Minute … geht gleich wieder …", keuchte er.

Ich wartete und stützte ihn, damit er nicht aus dem Bett fiel. Nach einigen Minuten hatte er sich wieder im Griff und öffnete die Augen. Er lächelte mich matt an.

„Ging besser, als ich dachte", meinte er. „Wo ich jetzt schon sitze, ich müsste mal nach nebenan."

„Klar. Ich trenne nur schnell alle Kabel."

Im Bad ließ ich ihn allein, trat vor das Fenster und schaute in den Innenhof, wo ich gestern Nachmittag noch mit Sammy Sandkuchen gebacken hatte. Die Sonne stieg langsam immer höher und malte helle Muster auf den Boden und die Möbel. Es war ungewöhnlich warm für diese Jahreszeit und für London. Ich genoss diesen Moment der Ruhe.

Nachdem ich Joseph wieder ins Bett geholfen und alle Geräte angeschlossen hatte, ließ er sich erschöpft in die Kissen sinken und sah mich neugierig an.

„Wie war nochmal Ihr Name Doc? Ich habe das gestern nicht so behalten …"

„Dr. Jonasson."

„Dr. Jonasson", wiederholte er langsam.

„Aber sagen Sie doch bitte Annie."

„Ok, dann Annie", grinste er.

„Joseph, ich ..."

„Nur Jo, bitte", unterbrach er mich.

„Ok, Jo. Ich habe für morgen einen Physiotherapeuten organisiert, der mit dir ein paar leichte Übungen für die Arme und Beine ausführt, damit dein Kreislauf in Schwung kommt und die Verletzungen besser heilen."

Er verzog das Gesicht.

„Was ist?", fragte ich.

„Wird das schmerzhaft?"

„Nein, im Gegenteil, es werden dir ein paar Übungen gezeigt, damit du trotz deiner gebrochenen Rippen besser durchatmen kannst. Aber, wie gesagt: Morgen!"

„Ok", seufzte er.

„Hast du noch einen Wunsch?"

„Ja, was zu essen wäre super, ich habe einen Bärenhunger."

„Aber klar doch! Dean ist schon unterwegs und besorgt dir was."

In diesem Moment betrat Dean mit einem Tablett das Zimmer. Er stellte es auf den Klapptisch neben Josephs Bett, dann verließen wir das Zimmer, damit Joseph in Ruhe essen konnte.

In meinem Büro griff ich zum Telefon. Ich hatte noch den Zettel, den Rachel mir letzte Nacht gegeben hatte. Ich wählte, und nach zwei Klingeltönen wurde abgenommen.

„Blunt", sagte eine männliche Stimme.

„Guten Morgen, Inspector Blunt. Hier ist Dr. Jonasson."

„Ah! Gut, dass Sie anrufen. Guten Morgen, Dr. Jonasson. Ich komme gleich zur Sache." Er räusperte sich, bevor er weitersprach. „Sie haben den Patienten Joseph Silver bei sich. Ich würde gerne mit Ihnen über den Vorfall von gestern Nacht sprechen. Wann haben Sie Zeit für mich?"

„Ich bin heute frei. Wollen Sie gleich vorbeikommen?"

„Ja, das passt mir. Ich bin in einer Stunde da."

„Gut, dann bis gleich."

Er legte auf, und ich betrachtete das Telefon nachdenklich.

Während des Frühstücks planten Sammy und ich, am Nachmittag wieder im Hof zu spielen. Dann wandte ich mich an Clare: „Ich muss wieder runter, Inspector Blunt kommt nachher vorbei."

„Ein echter Inspector?" Clare war erstaunt. „Was ist denn passiert? Hat jemand Kopfschmerztabletten geklaut?"

Ich lächelte schwach.

„Nein, nicht ganz. Wir haben gestern einen neuen Patienten bekommen, der brutal zusammengeschlagen wurde. Blunt will mit mir darüber reden."

„Oh …", hauchte Clare.

„Dann bis nachher, ich denke, dass ich zum Mittagessen wieder da bin."

„Ja … bis dann", antwortete Clare abwesend.

Chief Inspector Blunt

Kurze Zeit später klopfte es an meinem Büro.

„Kommen Sie rein!", rief ich. Jeff hatte mir meinen Besucher schon angekündigt.

Blunt trat ein und durchmaß mit wenigen Schritten den Raum.

„Dr. Jonasson, wie schön, Sie wiederzusehen … na ja, die Umstände sind weniger schön …" Blunt reichte mir zur Begrüßung die Hand.

„Inspector Blunt, was haben Sie an Neuigkeiten?", fragte ich und bot ihm einen Stuhl an.

„Tja." Er setzte sich und strich sich eine unsichtbare Fussel vom Jackett. Er war ein ernsthafter Mann mittleren Alters mit sympathischen Gesichtszügen. Er hatte zwar seine Akte mitgebracht, aber ich war mir sicher, dass er alle Details in seinem Kopf gespeichert hatte. Ich hatte schon mehrere Male mit ihm zusammengearbeitet und war immer wieder überrascht gewesen, wie ernst er seine Arbeit nahm.

Jetzt lächelte er traurig. „Der Kerl, der Joseph Silver niedergeschlagen hat, ist uns kein Unbekannter. Er ist schon mehrfach wegen Schlägereien und anderen Delikten vorbestraft. Offenbar gehört er zu den Typen, die im Auftrag anderer Schlägereien anzetteln, und das ziemlich erfolgreich. Meistens lässt er sich nicht erwischen, aber diesmal hatte er nicht so viel Glück. Die Freunde von Joseph waren ziemlich schnell und … na ja, sagen wir mal … schlagkräftig."

Er machte eine kurze Pause, um seinen folgenden Worten Nachdruck zu verleihen.

„Corin weiß, was ihm blüht, wenn er wegen dieser Schlägerei angeklagt wird und ist bereit, mit uns zusammenzuarbeiten. Er hat uns erzählt, wer ihn angeheuert hat."

„Wer?", fragte ich mit heiserer Stimme.

„Es war Donna, die Verlobte von Joseph Silver …"

„Was?" Meine Stimme war nur noch ein Flüstern.

„Das bleibt erst mal hier im Raum, wenn das bekannt wird, dürften Josephs Fans nicht viel Verständnis für sie haben."

„Nein, sie würden sie teeren und federn."

Ich überlegte, dann fragte ich: „Können Sie Donna anhand Corins Aussage überführen?"

„Es könnte schwierig werden, es steht Aussage gegen Aussage. Und wenn es keine Beweise gibt, dann gilt immer noch der Grundsatz: im Zweifel für den Angeklagten."

„Weiß Donna, dass Sie Corin haben?", fragte ich zögernd.

Jetzt lächelte er verschmitzt. „Nein. Und das könnte unser Vorteil sein. Und deshalb musste ich mit Ihnen sprechen. Sie wiegt sich in Sicherheit. Ich bin gespannt, wann sie hier wohl auftauchen wird, um ihr Spiel zu beginnen."

„Ähm …" Ich räusperte mich. „Sie war gestern Abend schon hier."

„Und, was ist passiert?"

„Nichts. Joseph hat schon geschlafen. Ich habe sie nur einen kurzen Blick in sein Zimmer werfen lassen und sie dann nach Hause geschickt. Sie will heute Nachmittag wiederkommen."

„Gut, das wird uns nicht weiter schaden", fuhr Blunt fort. „Was meinen Sie, Dr. Jonasson, wann kann ich mit Joseph sprechen?"

Ich zögerte.

„Er ist noch nicht sehr belastbar. Ich befürchte, dass er in seinem jetzigen Zustand gar nicht in der Lage ist, diese Nachricht zu verarbeiten."

Blunt nickte bedächtig.

„Ja … das habe ich mir fast gedacht. Aber vielleicht besteht auch gar nicht die Notwendigkeit, Joseph mit dieser Tatsache zu konfrontieren. Lassen wir Donna einfach tun, was immer sie vorhat. Vielleicht verrät sie sich ja selbst."

Dieser Idee konnte ich unbesorgt zustimmen.

Nachdem wir noch einige Details durchgesprochen hatten, verabschiedete er sich, ohne ein einziges Mal in seine Akte geschaut zu haben.

Ich wusste es!, dachte ich und grinste in mich hinein.

Nach diesem Gespräch hatte ich eine Gänsehaut. Ich hatte zwar gelesen, dass es um die Beziehung der beiden nicht zum Besten stand, zumindest behauptete das die Klatschpresse in regelmäßigen Abständen, aber Joseph und seine Verlobte hatten sie immer wieder Lügen gestraft und schienen miteinander glücklich zu sein. Allerdings warteten die Fans von Joseph bis heute vergeblich auf eine Hochzeit.

Doch auch mit diesen Informationen ergab der merkwürdige Auftritt von Donna gestern Abend keinen Sinn. Warum ließ sie ihn verprügeln und besuchte ihn dann? Was wollte sie damit erreichen?

Ich hatte keine Ahnung.

Mein Telefon klingelte wieder. Es war Jeff von der Security. „Annie? Hier sind noch zwei Herren von der Polizei, die zu dir möchten."

„Ja. Lass sie bitte rein."

Als ich mein Telefonat mit der Radiologie beendet hatte, klopfte es und ich bat die beiden Polizisten herein. Ich besprach mit ihnen kurz, was zu tun war, dann eilte ich zum Empfang.

„Dean, kannst du Joseph bitte zum CT bringen? Ich möchte seine Milz noch mal genauer untersuchen lassen."

Ich folgte Dean in Josephs Zimmer und sah, dass mein Patient ruhig und fest schlief. Er würde die Untersuchung gar nicht bemerken. Dean trennte ihn von den Überwachungsgeräten, schob sein Bett aus dem Zimmer und verschwand mit ihm im Lift.

Jetzt hatten wir ungefähr eine halbe Stunde. Ich führte die beiden Polizisten in Josephs Zimmer und ließ sie ihre Arbeit verrichten. Als Dean wieder zurückkam, waren sie längst wieder weg.

Joseph schlief tief und fest und war auch zwischendurch nicht wachgeworden. Während Dean alle Geräte wieder anschloss, atmete ich erleichtert auf. Das war geschafft. Was nun geschah, lag nicht mehr in meiner Hand.

Einen Augenblick lang betrachtete ich meinen schlafenden Patienten. Sein Gesicht wirkte entspannt. Er hatte keine Schmerzen und atmete gleichmäßig und tief. Das war gut. Er musste wieder gesund werden.

Zeit fürs Mittagessen. Als ich die Wohnungstür öffnete, kam mir Sammy entgegengerannt, und wir umarmten uns. Er hielt etwas in der Hand, das wie ein kleiner Klops aussah.

„Vad är det där?" – „Was ist das?", fragte ich ihn auf Schwedisch.

Er hielt es mir vor den Mund, und ich biss ein kleines Stück ab.

„Mmh ... smaskigt! Är de Köttbullar?" – „Mmh ... lecker! Sind das Köttbullar?" Er nickte begeistert. Clare hatte schon den Tisch gedeckt. Als ich sah, was da stand, war ich zutiefst gerührt.

„Clare, das ist ja wunderbar. Als hättest du meine Gedanken gelesen ..."

Clare lachte. „Ich dachte, dass du dich freuen würdest, mal wieder was aus deiner Heimat zu essen. Ich bin auch schon gespannt, wie es schmeckt."

Offenbar hatte sie im Internet gründlich recherchiert, wie in Schweden die Köttbullar serviert werden und auch gleich nach einem passenden Rezept gesucht. Auf dem Tisch stand eine große Schüssel mit dampfenden Köttbullar in Sahnesoße. Daneben eine kleinere Schüssel mit Kartoffelpüree und eine noch kleinere mit Preiselbeerkompott.

Clare strahlte, als sie sah, wie gut es uns schmeckte.

„Clare ... das war einfach köstlich." Ich nickte anerkennend.

Sammy kletterte von seinem Stuhl auf Clares Schoß. Er gab ihr einen dicken Kuss auf die Wange und umarmte sie. Sie freute sich, wusste sie doch ganz genau, was Sammy ihr damit sagen wollte, nämlich dass es ihm supergut geschmeckt hatte. Ich fühlte wie Sammy, nur sagte ich es ihr. Sie freute sich ehrlich darüber, dass ihr die Überraschung gelungen war.

Später in der Küche, nachdem ich Sammy zum Mittagsschlaf hingelegt hatte und ihr beim Aufräumen half, sagte sie leise zu mir: „Weißt du Annie, in der letzten Zeit hast du so oft traurig und abwesend gewirkt, da wollte ich euch beiden eine Freude machen und ein Stück Heimat schenken. Ich bin dir so dankbar, dass ich hier bei euch sein kann ..."

„Das beruht auf Gegenseitigkeit. Ich bin auch sehr froh, dich zu haben. Du tust Sammy gut … und mir auch."

Ich musste mir die Tränen verkneifen. Irgendwie war ich in letzter Zeit etwas dünnhäutig. Ich wusste nur nicht, warum.

Wieder auf Station brachte mich Dean auf den neusten Stand. Joseph war wach und hatte schon zu Mittag gegessen.

„Die Ergebnisse vom CT sind auch da."

„Danke, ich schaue sie mir im Büro an."

Sie waren wesentlich detaillierter als die Bilder vom MRT und auch als mein Ultraschall, aber sie bestätigten mir das, was ich durch die ersten Untersuchungen herausgefunden hatte. Der Riss in der Kapsel der Milz war sehr klein und blutete nicht nach. Ich freute mich über dieses Ergebnis.

Von der guten Nachricht beschwingt, betrat ich Josephs Zimmer. Er saß im Bett und schaute gedankenverloren aus dem Fenster.

„Hallo Jo, alles in Ordnung bei dir?"

„Ja, alles gut"

„Ich möchte dich kurz untersuchen."

Er nickte, und ich machte mich ans Werk. Dabei erzählte ich ihm von meiner kurzfristigen Entscheidung, bei ihm ein CT machen zu lassen. Er wirkte überrascht.

„Davon habe ich gar nichts gemerkt."

„Nein, du hast geschlafen."

Ich erzählte ihm von dem positiven Ergebnis dieser Untersuchung. Er war ehrlich erfreut.

Ich stellte fest, dass sein Zustand stabil war, keine seiner Verletzungen hatte sich verschlimmert. Die Heilung setzte langsam ein. Die Krankengymnastik würde ihm guttun. Morgen konnte ich dann sicherlich auch die Überwachungsgeräte entfernen.

„Den Tropf brauchst du ab jetzt nicht mehr. Die nächste Dosis Schmerzmittel wird direkt in die Kanüle gespritzt. Du klingelst, wenn du es brauchst – ok?"

„Ja, mach ich."

Es klopfte, und Dean fragte, ob Josephs Eltern reinkommen konnten. Ich blickte fragend zu Joseph, der zustimmend nickte.

Josephs Vater nahm mich etwas zur Seite und fragte nach dem Befinden seines Sohnes, während Josephs Mutter eine Tasche auf den Stuhl stellte und einige Sachen in den Beistellschrank räumte. Aus den Augenwinkeln sah ich, dass auch ein dickes Buch dabei war. Ich würde ihn später fragen, was er da las. In der Zwischenzeit beantwortete ich die Fragen seines Vaters. Er hörte mir aufmerksam zu und nickte gelegentlich. Dann dankte er mir und wandte sich nun ebenfalls seinem Sohn zu.

Ich verließ das Zimmer leise, nicht ohne Joseph noch mal darauf hinzuweisen, dass er klingeln sollte, wenn die Schmerzen zurückkehrten.

Als ich um die Ecke zum Empfang bog, rannte ich fast in den nächsten Besucher hinein. Es war Donna. Sie lächelte mich an, aber dieses Lächeln erreichte ihre Augen nicht.

Da ich nun wusste, was sie auf dem Kerbholz hatte, stieg in mir eine Wut hoch, die ich von mir gar nicht kannte. Das lag wohl vor allem daran, dass ich normalerweise den Peinigern meiner Patienten nie persönlich begegnete. Sie waren meist auf der Flucht oder saßen bereits hinter Gittern. Ich hatte bisher noch nie erlebt, dass sie so dreist waren, ihr Opfer in der Klinik zu besuchen.

Nun – Donna war in dieser Hinsicht eine Premiere und stellte meine Beherrschung auf eine harte Probe. Ich begrüßte sie. Sie nickte knapp und fragte fast barsch: „Ist Joseph wach?"

„Ja, seine Eltern sind schon da."

Sie verzog kurz ihren Mund, hatte sich aber schnell wieder in der Gewalt. Dann setzte sie wieder ihr falsches Lächeln auf.

„Kann ich zu ihm?"

Ich wollte mit ihr nicht mehr als nötig zu tun haben, also antwortete ich nur: „Ja, Sie wissen ja, wo Sie hin müssen." Ich wies ihr mit der Hand die Richtung. Sie nickte knapp und eilte davon.

Armer Joseph!

Eine halbe Stunde später leuchtete die Lampe von Josephs Zimmer, und der Alarm piepte. Dean drückte mir die Schale mit der vorbereiteten Spritze in die Hand, und ich eilte in Josephs Zimmer.

Die Szene, die sich mir bot, konnte eigenartiger nicht sein. Josephs Eltern saßen stocksteif neben seinem Bett, während Donna halb darauf lag und seine Hand hielt. Als ich herantrat, standen seine Eltern auf.

„Wir kommen morgen wieder", sagte seine Mutter traurig, während Josephs Vater ihre Schultern umfasst hielt. Sie verabschiedeten sich und verließen das Zimmer, nicht ohne ihrem Sohn noch mal einen liebevollen Blick zuzuwerfen.

Olala, da gab es also zwischen Josephs Eltern und Donna ebenfalls Spannungen. Na, das konnte ja was werden …

Joseph warf mir einen gequälten Blick zu. Ich glaubte, zu verstehen, was er mir sagen wollte.

„Donna?"

„Ja Doktor?", zwitscherte sie.

„Dort ist ein Stuhl, den Sie gern benutzen können. Die Krankenbetten sind nur für unsere Patienten da."

Sie wurde nicht mal rot, aber immerhin besaß sie genug Anstand, sich lasziv vom Bett zu erheben und sich auf den Stuhl zu setzen.

Ein Blick auf die Monitore sagte mir, dass sein Puls raste, aber sicher nicht durch die Nähe von Donna, sondern weil er erhebliche Schmerzen hatte. Warum hatte er denn nicht eher geklingelt?

Ich prüfte in seinen Augen die Reflexe – zu langsam.

„Donna, ich muss Sie bitten, sofort zu gehen. Joseph geht es sehr schlecht."

Sie erhob sich widerwillig, drückte Ihre Lippen auf seine Wange, wobei sie einen roten Kussmund hinterließ, und schwebte nach den Worten „Mach's gut Liebling, ich besuche dich morgen wieder", aus dem Raum.

Joseph wirkte in diesem Moment unendlich erleichtert.

„Danke", hauchte er, völlig erschöpft.

„Warum hast du nicht eher geklingelt?"

„Ich wollte meine Eltern nicht kränken, sie waren doch gerade erst gekommen."

Ich fasste es nicht, er litt, weil er niemanden vor den Kopf stoßen wollte …

„Außerdem war es noch ok bis … bis … na ja, Donna …"

„Ich verstehe", unterbrach ich ihn und strich im beruhigend über die gesunde Schulter.

„Dann befreie ich dich mal von deinen Schmerzen."

Ich verabreichte ihm die Morphin-Spritze.

„Danke Annie", flüsterte er noch, dann fielen ihm die Augen zu, und er entspannte sich.

Ich schüttelte den Kopf. Das konnte ja was werden, wenn Donna jetzt jeden Tag hier aufkreuzte. Hoffentlich konnte Blunt sie bald überführen, damit der Spuk ein Ende hatte.

Ich entfernte vorsichtig Donnas Lippenstift von seiner Wange und verließ das Zimmer. Joseph schlief und würde erst am Abend wieder wach werden.

Als ich mit Sammy auf dem Spielplatz war, hielt ich mein Gesicht in die Sonne und genoss die Wärme. Wir verbrachten den Nachmittag wieder mit Schaukeln, Wippen und im Sandkasten. Dann und wann forderte Sammy mich auf, mit ihm zu spielen, aber meistens konnte ich meinen Gedanken nachhängen und streichelte ihm gedankenverloren über seinen Schopf.

Meine Gedanken wanderten zu Joseph und seiner Familie. Seine Eltern waren offensichtlich liebevolle

Menschen, denen es schwerfiel, zu verdauen, in welchem Zustand ihr Sohn sich momentan befand.

Bei Donna wusste ich nicht, was ich erwarten sollte. Sie schien eine eiskalte und berechnende Frau zu sein. Ich hatte sie zwar erst zweimal kurz getroffen, aber bereits beim ersten Mal hatte ich mich über ihr Auftreten gewundert. War sie schon immer so gewesen oder hatte sich Joseph damals in eine andere Donna verliebt?

Sammy zupfte an meinem Arm und präsentierte mir stolz die Burg, die er gebaut hatte. Ich lächelte ihn zärtlich an und verwuschelte seine dunklen Haare. Dann bauten wir noch ein paar Straßen, auf denen er mit kindlicher Hingabe seine Autos fahren ließ.

Als die Sonne hinter den Häusern verschwunden war, wurde es empfindlich kühl, und wir traten den Heimweg an. Sammy hüpfte fröhlich an meiner Hand und hielt in der anderen Hand eines seiner Autos.

Nach dem Abendbrot malte ich mit ihm noch ein paar Bilder. Er nutze die gesamte Farbpalette, so dass sein Bild bunt wie ein Regenbogen war. Ich dagegen kritzelte mit einem braunen Stift abwesend auf meinem Blatt herum. Sammy stupste mich an, sein Blick war fragend. Ich seufzte.

„Mami kann nicht so gut malen wie du. Siehst du? Dein Bild ist viel schöner als meins."

Daraufhin reichte er mir einen gelben Stift.

„Meinst du, ich soll es bunt machen?" Er nickte.

„Ok, dann malen wir ein paar gelbe Sonnenstrahlen hinein." Dann gab er mir den roten Stift.

„Für ein paar rote Blumen?" Wieder nickte er.

Das Gleiche machte er auch mit den Farben grün und blau und es entstanden Wasser, Wolken, Bäume und Wiese. Er schaute mich stolz an.

„Gefällt es dir?" Er nickte, diesmal begeistert. Dann kletterte er auf meinen Schoß und gähnte herzhaft.

„Ach mein Mäuschen", flüsterte ich ihm ins Ohr, „wollen wir mal sehen, ob wir eine schöne Gute-Nacht-Geschichte für dich finden?"

Er gähnte wieder, und ich trug ihn in sein Zimmer. Nachdem ich ihn ins Bett gebracht hatte, schaute ich auf die Uhr. Es war erst halb acht.

Ich hatte noch ein wenig Zeit, bis dahin würde ich in meinem Buch weiterlesen. Ich nahm mir meine derzeitige Lektüre zu Hand, „Die Chroniken der Unterwelt – City of Bones", eines meiner Lieblingsbücher von Cassandra Clare, es war so herrlich mystisch. Ich liebte diese Art von Literatur, sie zog mich immer wieder erfolgreich in ihren Bann. Ich schlug das Buch auf und las die ersten Zeilen des zweiten Teils.

LEICHT IST DER ABSTIEG

Facilis descensus Averni:
Noctes atque dies patet atri ianua Ditis.
Sed gradium revocare superasque evader ad auras;
Hoc opus, hic labor, est.

Leicht ist der Abstieg zur Hölle:
Nacht und Tag steht das düstere Tor zu Pluto offen.
Doch der Schritt zurück, nach oben, zu entkommen in
die Lüfte;
Das ist Arbeit, das kostet Mühe.

VERGIL, Aeneis

Geister der Vergangenheit

Ich ließ das Buch sinken. Die Zeilen verschwammen, als vor meinem inneren Auge meine ganz private Hölle auftauchte. Plötzlich stand ich wieder in der Halle des Leichenschauhauses und blickte auf den zerstörten Körper meines toten Mannes Benni, um den Beamten seine Identität zu bestätigen.

Die Gefühle überwältigten mich. Ich hatte sie sorgsam in meinem Herzen verschlossen, aber jetzt trafen sie mich mit voller Wucht. Sie hatten kein Erbarmen mit mir und zeigten mir grausam die scharfen Bilder. Keines davon war verblasst, keines davon vergessen.

Sie waren in aller Deutlichkeit da und schnürten mir die Kehle zu. Ich schloss die Augen und überließ mich meinen Tränen. Es hatte keinen Zweck, sich dagegen zu wehren. Sie würden so oder so kommen, wenn nicht jetzt, dann vielleicht in der nächsten Nacht oder der übernächsten.

Nach Minuten, die mir endlos erschienen, kam ich langsam wieder zur Ruhe, die Tränen versiegten, der Kloß im Hals blieb. Ich versuchte, die schrecklichen Bilder durch andere, schöne Bilder aus friedvollen Zeiten zu verscheuchen.

Ich wollte mich an schöne Tage erinnern, an meine erste Begegnung mit Benni, an seinen Heiratsantrag, an unsere Hochzeit und unsere Hochzeitsreise nach Sankt Petersburg. Ich hatte noch niemals die weißen Nächte gesehen und war überwältigt von dem Anblick, der sich mir bot. Ich erinnerte mich an den Moment, in dem wir beide wussten, dass wir bald zu dritt sein würden, an die liebevollen Berührungen von Bennis Hand auf meinem Bauch, wenn er mit unserem Baby sprach und meinen Bauch küsste. Meine Gedanken schweiften weiter zu dem Moment, wo ich Bennis Hand malträtierte, weil mich wieder eine Wehe überrollte und zu dem Augenblick, wo er mit urgewaltigem Vaterstolz die Nabelschnur durchtrennte und seinen Sohn das erste Mal in den Armen hielt, wie er ihn mir auf die Brust legte und wir beide vor Freude weinten. Ich sah ihn, wie er stolz seinen Sohn auf dem Arm trug, wie er mir beim Stillen zusah und wie er Sammy bei seinen ersten Schritten an den Händen hielt. Diese Bilder verscheuchten die anderen, und ich lächelte bei der Erinnerung an diese wunderbaren Momente.

Wir unternahmen viel, Benni wollte mir die ganze Welt zeigen. Als Sammy noch klein war, beschränkten wir uns allerdings erst mal auf Schweden und die Nachbarländer. Alles andere wäre für ein Baby zu anstrengend gewesen. Bennis größter Wunsch aber war, uns das Nordkap zu zeigen. Er schwärmte davon und wollte es unbedingt wiedersehen. Daraus wurde aber nichts mehr.

Um ihm aber diesen letzten Herzenswunsch auf andere Weise zu erfüllen, ließ ich Sammy in der Obhut meiner Eltern, nahm Bennis Urne und fuhr damit ans Nordkap. Ich suchte mir eine ruhige Stelle in der Abenddämmerung; und während die Nordlichter mit unerträglicher Schönheit am Himmel ihr Schauspiel aufführten, ließ ich den Wind seine Asche aufs Meer hinaustragen.

Dieser Moment war schmerzvoll und heilend zu gleich. Ich hatte mit dem Gedanken gespielt, seiner Asche zu folgen und meinem Leben ein Ende zu setzen. Aber dann dachte ich an Sammy, und dass es doch mehr als selbstsüchtig wäre, ihm auch noch die Mutter zu nehmen.

In diesem Moment wurde mir bewusst, dass Benni gewollt hätte, dass ich mein Leben weiterlebe und vielleicht mit einem anderen Menschen wieder glücklich werde. Ich war es Benni schuldig, für Sammy eine gute Mutter zu sein. Außerdem hatte ich mit Sammy ja immer ein Stück Benni bei mir.

So verschloss ich meine Trauer und meinen Schmerz tief in meinem Herzen und fuhr nach Stockholm zurück.

Nach meinem Abschied von Benni begann ich, mich langsam wieder dem Licht zuzuwenden, ich tat meine ersten Schritte hin zu den himmlischen Lüften. Und um es mir nicht schwerer als nötig zu machen, verließ ich Stockholm, meine Eltern, meine Schwester, meine Wohnung, mein Krankenhaus. Ich nahm Sammy mit und zog nach London.

Ein Kollege von Benni hatte einen sehr guten Draht zu dem leitenden Arzt des Holy-Trinity-Hospitals. Dieser wollte mich kennenlernen. Wir verstanden uns auf Anhieb, und so trafen wir die nötigen Vorbereitungen, damit ich dort arbeiten konnte.

Und hier saß ich nun mit tränennassem Gesicht, mein Buch immer noch geöffnet auf dem Schoß. Blicklos schaute ich geradeaus und tauchte langsam aus meinen Erinnerungen auf. Ich atmete tief durch und klappte das Buch zu, nicht ohne vorher das Lesezeichen sorgfältig eine Seite weiterzulegen. Im Bad machte ich mich frisch, wusch mir die Tränen und mit ihnen die Trauer ab.

„Reiß dich zusammen! Es geht niemanden etwas an, wie es in dir aussieht!", ermahnte ich mich selbst.

Ich richtete mich auf, warf mir einen mahnenden Blick im Spiegel zu und machte mich auf den Weg in meine Praxis.

Rachel war schon da und beschäftigte sich mit den Krankenakten meiner Patienten, die nächste Woche zur Behandlung vorgesehen waren. Sie begrüßte mich mit einem Lächeln und reichte mir Josephs Akte. Ich öffnete sie und trommelte mit den Fingern geistesabwesend auf die Schreibtischplatte.

„Annie, ist alles in Ordnung? – Annie?!"

Rachels Stimme brachte mich wieder ins Hier und Jetzt zurück.

„Ja?"

„Was ist los, Annie? Stimmt was nicht? So durcheinander und abwesend habe ich dich ja noch nie erlebt." Sie beobachtete mich besorgt.

„Ich … ich …", stotterte ich, „es ist nichts, alles ist gut. Nur eine unangenehme Erinnerung, nichts von Bedeutung."

Ich versuchte zu lächeln und mir diese ungeheuerliche Lüge nicht anmerken zu lassen. Aber Rachel konnte ich nicht täuschen. Ihre jahrzehntelange Erfahrung sagte ihr, dass ich nicht die Wahrheit gesagt hatte. Sie ließ sich aber nichts anmerken, sondern sagte nur: „In dir steckt eine große Traurigkeit. Wenn du jemanden zum Reden brauchst …" Sie ließ den Satz unvollendet.

„Danke Rachel", flüsterte ich mit tränenerstickter Stimme, dann wandte ich mich ab und hastete in mein Büro.

Ich spürte ihren Blick in meinem Rücken. Sie hatte Recht, ich musste mich jemandem anvertrauen. Offensichtlich war ich nicht in der Lage, dieses Problem für mich allein zu lösen, auch nach zwei Jahren nicht.

Nachdem ich die Tür geschlossen hatte, wischte ich mir zornig die Tränen weg, die mir nach Rachels Worten in die Augen gestiegen waren. Was war nur heute mit mir los? Sonst konnte ich mich bestens beherrschen, und jetzt heulte ich wie ein Kind. Ich konnte es mir nicht erklären, aber ich musste es wieder unter Kontrolle bekommen. Wahrscheinlich war heute einfach nicht mein Tag. Ich würde jetzt noch nach Joseph sehen, dann ein heißes Bad nehmen, mich zeitig ins Bett legen und hoffen, dass es morgen besser sein würde.

Ich erfrischte mich noch einmal, dann straffte ich die Schultern und verließ mein Büro.

Rachel kam mir entgegen, nichts erinnerte mehr an unser Gespräch von vorhin. Sie lächelte mich aufmunternd an, reichte mir Josephs Akte, die ich vorhin am Empfang liegen lassen hatte, und verschwand mit der Spritzen-Schale in Josephs Zimmer. Ich folgte ihr nachdenklich.

Während Rachel Jo ins Bad half, schaute ich in den Abendhimmel. Die Sonne war längst hinter den Häuserblocks untergegangen, doch die Wolken leuchteten noch in einem kräftigen Orange. Ich mochte es, wenn sie von unten angeschienen wurden.

Als Joseph wieder im Bett lag, sah er mich sehr aufmerksam an.

„Du hast geweint", sagte er ruhig.

„Woher …" Mir klappte der Unterkiefer runter.

„Deine Augen, sie sind rot."

„Ja", sagte ich und schaute weg.

„Bitte entschuldige, das war unhöflich."

„Nein, nein. Schon gut. Du bist ein guter Beobachter."

„Möchtest du darüber reden?"

Ich wandte mich erstaunt zu ihm um. Er wollte allen Ernstes wissen, warum ich geweint hatte, obwohl er genug mit sich selbst zu tun hatte! Er war wirklich ein erstaunlicher Mensch. Vor allem war er heute schon der Zweite, der mir dieses Angebot machte. Meine Fassade musste wirklich ein paar ordentliche Risse abbekommen haben. Diese würde ich wieder sorgfältig verschließen müssen. Es war schlimm genug, wenn mich meine Dämonen in meinem Privatleben verfolgten, sie mussten es nicht auch noch während der Arbeit tun.

„Möchtest du es denn hören?", gab ich die Frage zurück.

„Ich bin ein guter Zuhörer."

„Das glaube ich dir. Aber um deine Frage zu beantworten: Nein, ich möchte nicht darüber reden."

„Ok. Aber wenn doch, dann weißt du ja, wo du mich findest. Ich kann im Moment hier nicht weg." Ein charmantes Lächeln huschte bei diesem Witz über sein Gesicht. Er hatte Grübchen, wenn er lachte, auch wenn das Lachen durch seine Verletzungen noch etwas schief war.

„Also weißt du, ich dachte, dass ich hier der Arzt bin", scherzte ich zurück, „Und daher würde ich dich jetzt gerne untersuchen."

Er grinste immer noch, fügte sich jedoch widerspruchslos in sein Schicksal als Patient. Es gab keine negativen Überraschungen. Nach einem Tag konnte man noch keine großen Fortschritte erwarten, aber zumindest war sein Zustand stabil. Er würde sich gut erholen, da war ich mir sicher.

Rachel kam mit seinem Abendbrot herein, stellte es auf dem Tisch ab und verließ das Zimmer wieder.

Ich wünschte ihm noch eine gute Nacht und folgte Rachel.

Wieder in meiner Wohnung, ließ ich mir im Badezimmer die Wanne ein. Das warme Wasser würde meine verspannten Muskeln lockern und die hässlichen Gedanken verscheuchen, die mich schon den gesamten Abend verfolgten.

Ich versuchte, an nichts zu denken, was gar nicht so einfach war, da sich immer wieder das Bild von Joseph im Krankenbett in meine Gedanken mogelte. Schließlich gab ich auf und ließ die Bilder gewähren. Sie zogen wie in einer Galerie vor meinem geistigen Auge vorbei.

Nach einer Weile war der Bann gebrochen, und ich merkte, wie mein Körper sich langsam entspannte und ich die Wärme und den Duft meines Bades genießen konnte.

Eine Stunde später lag ich im Bett und hoffte, dass ich von Albträumen verschont blieb.

-oOo-

Ich schrak auf und starrte in die dunkle Nacht, schweißgebadet und schwer atmend. Mein Gesicht war tränennass. Ich hatte wieder einen schrecklichen Traum von einem weinenden Sammy. Doch als ich mich langsam beruhigte, realisierte ich, dass er tatsächlich weinte.

Ich sprang auf, schwankte und brauchte einen Augenblick, um mein Gleichgewicht wiederzufinden. Dann eilte ich in Sammys Zimmer. Er wälzte sich ruhelos in seinem Bett umher und weinte. Auch er hatte wieder einen Albtraum. Ich nahm ihn in die Arme und hob ihn aus seinem Bett.

„Sammy! Sammy! Vakna!" – „Wach auf!", flüsterte ich ihm ins Ohr. Er verzog sein Gesicht zu einer Grimasse, wachte aber nicht auf.

„Sammy! Vakna!", rief ich wieder.

Diesmal reagierte er und öffnete die Augen. Als er mich erkannte, vergrub er sofort sein Gesicht in meinem Hals und weinte lautlos weiter. Seine heißen Tränen brannten auf meiner Haut.

„Schhh … schhh … allt är bra. Det var bara en dröm, bara en dålig dröm." – „Es ist alles gut. Es war nur ein Traum, nur ein böser Traum."

Ich wiegte ihn sacht und redete weiter tröstend auf ihn ein. Langsam beruhigte er sich, und seine Tränen versiegten.

„Har du en ond dröm igen?" – „Hast du wieder schlecht geträumt?"

Er nickte und schaute mich traurig an.

„Mamma hade också dåliga drömmar. Ska jag göra oss varm mjölk?" – „Mami hat auch schlecht geträumt. Soll ich uns eine warme Milch machen?"

Wieder nickte er und umarmte mich. Dann rieben wir unsere Nasen aneinander, und er streichelte mir mit seiner kleinen Hand meine Wange. Ich gab ihm einen zarten Kuss. Unser Ritual wirkte – wieder einmal.

Mit ihm auf dem Arm angelte ich zwei Gläser aus dem Schrank und eine Packung Milch aus dem Kühlschrank. Ich ließ ihn nicht los, als ich die gefüllten Gläser in die Mikrowelle stellte und die Milch warm werden ließ. Darin hatte ich mittlerweile Übung.

Fast jede Nacht wurden wir beide von Albträumen verfolgt. Wobei mein Traum diesmal völlig anders war als sonst. Er drehte sich wie immer um Benni, aber irgendetwas war neu. Ich konnte mich nur nicht recht daran erinnern, was es war.

Ich setzte mich mit Sammy auf die Couch und reichte ihm seine Milch. Er nahm sie mit beiden Händen und begann zu trinken. Auch ich gab mich dem nächtlichen Trost hin, und wir saßen schweigend aneinander gekuschelt. Als unsere Gläser leer waren, nahm ich Sammy wieder auf den Arm und brachte die Gläser in die Küche.

„Vill du ligga med mamma?" – „Möchtest du bei Mami schlafen?", fragte ich ihn. Er nickte, also nahm ich ihn mit in mein Bett. Ich drückte ihn fest an mich, und bald war er eingeschlafen. Sein regelmäßiger Atem beruhigte mich, ich schloss die Augen und fiel in einen traumlosen Schlaf.

Ich erwachte, bevor mein Wecker klingelte. Sammy hatte den Rest der Nacht friedlich geschlafen und träumte. Seine Augen bewegten sich, und sein Mund zuckte. Er sah so wunderschön aus, wenn er schlief. Mein kleiner Engel mit der weißen Haut und den dunklen Locken. Ein zartes Rosa überzog seine Wangen. Er hatte noch nicht ganz seine kindlichen Rundungen abgelegt und wirkte weich und zerbrechlich. Er war der größte Schatz in meinem Leben. Ich würde ihn hüten und beschützen, koste es, was es wolle.

Ich riss meinen Blick von ihm los, zupfte seine Decke zurecht und zog mich an. Heute war Montag, ein normaler Arbeitstag. Ich würde jetzt kurz auf meiner Station nach dem Rechten sehen, etwas später mit Sammy Frühstück essen und wieder bis zum Nachmittag arbeiten. Sammy war bei Clare gut aufgehoben. Dieses Wissen verschaffte mir die Ruhe bei der Arbeit, die ich brauchte.

Dean war bereits im Dienst und Rachel stand in Straßenkleidung am Empfang, bereit für den Heimweg.

Beide begrüßten mich, und wir besprachen uns noch kurz. Die Nacht war ruhig gewesen, der Tag würde turbulent werden, aber wir waren gut vorbereitet.

Dann verabschiedete sich Rachel, nicht ohne mir noch einen aufmerksamen Blick zuzuwerfen. Sie hatte unser Gespräch von gestern Abend nicht vergessen und erinnerte mich mit diesem Blick an ihr Angebot. Ich nickte unmerklich, dann war sie verschwunden.

Dean hatte von unserer nonverbalen Kommunikation nichts mitbekommen. Er war bereits mit Josephs Akte beschäftigt, welche er jetzt auf dem Tresen in meine Richtung schob.

„Joseph ist schon wach und wartet auf dich."

Ich zog fragend eine Augenbraue hoch.

„Ja, ich weiß auch nicht, aber er wirkte ungewöhnlich munter." Dean zuckte mit den Schultern. „Wahrscheinlich geht es ihm schon viel besser."

„Das werden wir gleich sehen." Ich schnappte mir die Akte und betrat Josephs Zimmer.

„Guten Morgen, Jo."

Er hatte sich bereits aufgesetzt und baumelte mit den Beinen.

„Guten Morgen. Annie." Er grinste mich an.

„Na, dir scheint es heute besser zu gehen."

„Ja, ich habe recht gut geschlafen und fühle mich nicht mehr so fertig und schlapp."

„War dir heute schwindlig beim Aufsetzen?"

„Ein bisschen, aber nicht so schlimm wie gestern."

„Das hört sich gut an."

Ich half ihm ins Badezimmer und freute mich über seine Fortschritte. Er hatte sich erstaunlich schnell erholt.

Als er wieder im Bett lag, und sein Frühstück vor ihm stand, fragte er: „Und, was stellen wir heute so an?"

„Du wirst dich etwas bewegen", antwortete ich, er verzog das Gesicht. „Nachher kommt ein Physiotherapeut zu dir, der mit dir ein paar Übungen zur Mobilisation und Lockerung deiner Muskulatur macht", fuhr ich fort.

„Ich schaue aber vorher nochmal nach dir, dann gibt's die nächste Spritze mit einem anderen Schmerzmittel. Das ist fast genauso stark, aber es macht nicht mehr so müde. Deine Eltern wollten auch gegen Mittag wiederkommen."

Er nickte und machte sich mit Appetit über sein Frühstück her, während ich mich aus seinem Zimmer zurückzog.

Etwas später wartete Joseph schon, als ich sein Zimmer betrat. Dean hatte alles vorbereitet. Es war immer wieder wohltuend, mit welcher Zuverlässigkeit Dean und Rachel die notwendigen Dinge vorbereiteten. Sie waren beide mit Passion und Leidenschaft bei ihrer Arbeit und wussten immer, was zu tun war, beschäftigten sich mit den Krankenakten, so dass sie sehr genau wussten, was ich brauchte, oder was zu veranlassen war. Besseres Personal konnte ich mir wirklich nicht wünschen.

„So, bist du bereit für den Tag?", fragte ich ihn.

„Mmh", grummelte er vor sich hin. Ich musste lachen.

„Na na, nicht so miesepetrig! So schlimm wird's schon nicht werden."

„Das sagst du!", brummte er.

„Ja, das sage ich!"

Nachdem alle Untersuchungen erledigt waren, schaltete ich die Monitore der Überwachungsgeräte aus und entfernte die Kabel. Er war soweit stabil, und seine Verletzungen heilten stetig. Die Schulter würde wahrscheinlich am längsten brauchen, bis sie wieder voll einsatzfähig war.

Er schaute missmutig drein. Ich schüttelte nun doch etwas besorgt den Kopf. Warum hatte Joseph nur so eine Angst vor ein paar Übungen? Ich konnte es nicht verstehen, aber ich musste den Grund herausfinden. Einige dieser Übungen sollten ihm das Atmen mit den gebrochenen Rippen erleichtern, vor allem wenn er nicht mehr so starke Schmerzmittel bekam.

Ich berührte seinen Arm.

„Du erträgst alles mit einer solchen Gelassenheit, aber vor ein bisschen Gymnastik hast du Angst. Wieso?"

Er zuckte mit den Schultern – und gleich darauf vor Schmerzen.

„Autsch, nicht gut!", stöhnte er und biss die Zähne zusammen.

„Nein, nicht gut. Das ist schmerzhaft. Die Übungen tun nicht weh. Außerdem hast du gerade ein sehr starkes Schmerzmittel bekommen, es wird in ein paar Minuten wirken."

Ich seufzte und machte keine Anstalten, das Zimmer zu verlassen, sondern wartete ab. Er hob seinen Kopf, und unsere Blicke begegneten sich.

„Jo?"

„Mmh?"

„Kannst du mir bitte helfen zu verstehen, warum du so eine Abneigung dagegen hast? Ich möchte dir gerne helfen, wieder gesund zu werden.", fragte ich mit leiser Stimme.

Er sagte gar nichts, sondern sah mich nur unverwandt an. Dann räusperte er sich und holte tief Luft – diesmal ohne Schmerzen.

„Weißt du", begann er, seine Stimme war nur ein Flüstern, „es ist nicht die Gymnastik an sich." Er wurde rot.

„Es ist nur … es ist … ich hab doch fast nichts an … es ist mir einfach peinlich, hier fast nackt rumzuspringen …" Er knetete verlegen seine Hände, dann flüsterte er: „Meine Mutter hat an alles gedacht, nur nicht an einen Schlafanzug …"

Das war es also! Keine Angst vor den Übungen, nur die absolut menschliche Scham, fast nackt zu sein … Klar konnte ich ihn verstehen, er hatte ja nur das OP-Hemd und seine Boxer-Shorts an. Da würde ich mir auch nackt vorkommen.

„Ach Jo!", sagte ich erleichtert. „Warum hast du denn nicht schon eher was gesagt? Ich hole dir was anzuziehen. Wir haben hier immer einen Bestand für Notfälle. Warte kurz, ja?"

Ich eilte aus dem Zimmer und kam mit einem noch original verpackten Pyjama und einer Boxer-Shorts in seiner Größe zurück. Der Pyjama bestand aus einem einfachen weinroten Shirt und einer dunkelgrauen Jersey-Hose. Erleichtert und dankbar schaute er mich an. Nachdem er sich umgezogen hatte, wirkte er auch viel munterer und entspannter.

Er war mit dem Umziehen gerade fertig, als es klopfte und Dean mit Aaron, Josephs Physiotherapeuten, ins Zimmer trat. Aaron hatte einen Massagestuhl dabei, den er vor das Fenster schob.

Ich warf Jo einen ermutigenden Blick zu und verließ mit Dean das Zimmer.

Gleich hatte ich meinen ersten Termin mit der Frau eines steinreichen Kaufhausbesitzers. Sie war eine äußerst extravagante Frau, die sich gern mit kostbarem Schmuck und jungen Männern zeigte. Ihr Mann ließ sie gewähren, er war ebenfalls kein Kind von Traurigkeit. So hatten beide ihre Freiheiten und keiner konnte dem anderen etwas vorwerfen.

Dieses Milieu war mir weitgehend unbekannt gewesen, bis ich nach London kam. Aber langsam durchschaute ich die Glamour-Welt dieser Metropole. Letztlich war alles immer nur eine Frage, ob man die richtigen Leute kannte (und sich natürlich mit ihnen zeigte), die richtige Kleidung oder den teuersten Schmuck trug. Wenn den Leuten gefiel, was man trug oder was man tat, dann war man oben, aber genauso schnell war man auch wieder unten.

Ich war froh, meine eigene kleine Welt zu haben, ich musste niemandem gefallen. Die Leute kamen zu mir, weil sie wussten, dass ich eine der besten Chirurginnen der Stadt war. Ich musste nur meine Arbeit tun und war ansonsten für den Rest der Welt unsichtbar. Auf dem OP-Tisch waren es letztlich alles Patienten, denen ich helfen konnte. Alles andere zählte nicht.

Annika Lundgren

Phoebe

Nachdem ich mit dieser Patientin fertig war, klopfte es wieder und ein dünnes, unscheinbares Mädchen mit mittelblondem Haar und einer gelben Schwesterntracht betrat mein Büro. Sie stellte sich als Phoebe vor und sollte ab heute für zwei Wochen in meiner Station ein Praktikum machen. Sie hatte ihre Ausbildung fast abgeschlossen und bereitete sich auf ihre Prüfungen vor.

Sie wirkte schüchtern, schien aber ihren Stoff zu beherrschen. Die Fragen, die ich ihr stellte, beantwortete sie korrekt und ohne zu zögern.

Ich wies sie darauf hin, dass ich auf meiner Station keinen Widerspruch duldete. Sie hatte den Anweisungen meines Personals Folge zu leisten und die Privatsphäre meiner Patienten unter allen Umständen zu wahren. Diese sollten hier ungestört gesund werden.

Sie verließ mein Büro, nachdem sie ein entsprechendes Dokument, wie jeder meiner anderen Angestellten auch, unterschrieben hatte. Ich wies sie an, sich an Dean zu halten und ihm zur Hand zu gehen. Sie sollte die Handgriffe und Abläufe hier noch einmal vertiefen und sich damit auf die Abschlussprüfungen vorbereiten. Ihr Schwerpunkt lag in der Chirurgie – und davon konnte ich ihr diese Woche ziemlich viel bieten – außer Joseph …

Ich erschrak. Wo kam denn dieser Gedanke jetzt her? Jedoch … nüchtern betrachtet stimmte es schon. Joseph war kein chirurgischer Patient, er brauchte keine OP, also bestand auch keine Notwendigkeit, dass Phoebe sich um ihn kümmerte.

Ich konnte diesen Gedanken nicht vertiefen, da Dean mir bereits meinen nächsten Patienten brachte.

Als ich das nächste Mal auf die Uhr schaute, war es bereits Mittag. Ich gönnte mir einen Müsliriegel mit Erdbeeren und schloss kurz die Augen.

Weil meine Zeit es noch zuließ, schaute ich kurz bei Joseph vorbei. Er saß auf dem Bett und hatte sein Mittagessen gerade beendet.

„Wie war deine Physiotherapie?", fragte ich neugierig.

Ein Lächeln stahl sich in sein Gesicht.

„Es war ... nicht schlecht."

Ich zog eine Augenbraue hoch. „Nicht schlecht? Aaron ist der beste Therapeut des Krankenhauses!"

„Also gut. Er war wirklich toll. Ich bin dir sehr dankbar, dass du das organisiert hast."

„Prima, er kommt jeden Tag um die Zeit, so lange, wie es nötig ist."

Nachdem ich dieses Thema zu meiner Zufriedenheit geklärt hatte, wollte ich von ihm wissen, ob seine Eltern schon da waren.

„Ja, aber nur kurz. Sie hatten heute noch einen anderen Termin, den sie nicht verschieben konnten."

„Und Donna ?"

„Sie war noch nicht da. Und ich bin eigentlich auch nicht wirklich scharf auf ihren Besuch." Ein genervter Ausdruck trat auf sein Gesicht.

„Ich verstehe nicht", fuhr er fort, „warum sie auf einmal so anhänglich ist. Sonst hat sie keinen Gedanken daran verschwendet, wo ich bin, was ich mache und wie ich mich fühle. Woher kommt plötzlich dieses Interesse?"

Er schaute mich nachdenklich an.

„Am besten fragst du sie mal", schlug ich vor.

„Ich weiß nicht, ob das so eine gute Idee ist. Ich will das eigentlich nicht mehr. Ihr Getue nervt mich schon seit einer Weile. Ich weiß nicht, ob unsere Beziehung eine Zukunft hat …" Er verstummte. „Sie hat sich in der letzten Zeit sehr verändert. Weißt du, am Anfang war sie das nette Mädchen von nebenan. Sie hatte ihre Träume und wollte Mode designen. Aber je länger sie mit mir zusammen war, umso extravaganter wurden ihre Ansprüche. Sie wollte plötzlich nur noch teure Designer-Klamotten tragen, der Italiener um die Ecke war ihr nicht mehr gut genug, es musste das Gourmet-Restaurant mitten in der City sein. Unsere Freunde waren plötzlich öde und langweilig. Stattdessen traf sie sich mit diesen Schicki-Micki-Tussies. Ich denke, dass die ihr diese Flöhe ins Ohr gesetzt haben. Ein paarmal hat sie mich mitgeschleift, aber ich habe mich dort sehr unwohl gefühlt. Das ist nicht die Art von Menschen, mit denen ich gern verkehre. Ich verbringe meine Freizeit lieber mit meinen Freunden in einem gemütlichen Pub bei einem guten Bier."

Er machte eine Pause.

„Wir haben uns einfach auseinandergelebt. Ich treffe mich mit meinen Freunden und esse beim Italiener um die Ecke, sie macht jetzt alles anders. Und weil ich nicht immer Lust auf dieses Glamour-Leben habe, macht sie vieles ohne mich. Aber sollte man als Paar nicht viele gemeinsame Erlebnisse haben?"

Abwartend beobachtete ich ihn und sagte nichts, während er seinen Gedanken nachhing. Ich überlegte, wie ich ihm mein Empfinden so schonend wie möglich mitteilen konnte, ohne ihn noch mehr zu verletzen, als Donna es schon getan hatte. Ich holte Luft und zögerte kurz.

„Manchmal ist das Leben eben so. Das klingt jetzt zwar hart, aber vielleicht hat sie die Beziehung zu dir nur als Sprungbrett gebraucht. Jetzt, wo sie oben ist, wendet sie sich anderen Menschen zu. Vielleicht solltest du es akzeptieren und das Gleiche tun. Für eine gemeinsame Zukunft scheint das jedenfalls keine gute Basis zu sein."

Er nickte langsam und dachte nach.

„Ja, vielleicht hast du Recht, und ich sollte dem ein Ende bereiten."

„Aber", gab ich zu bedenken, „überstürze nichts. Denk noch mal in Ruhe drüber nach. Mach nichts kaputt, was du hinterher nur schwer oder gar nicht heilen kannst."

„Ich denke darüber schon eine ganze Weile nach und hatte eigentlich schon eine Entscheidung getroffen. Daher wundert mich ihre Reaktion umso mehr."

„Nimm dir Zeit. Und wenn du jemanden zum reden brauchst – ich bin für dich da."

„Danke Annie. Das weiß ich sehr zu schätzen."

„Ich weiß", sagte ich schlicht.

Es wurde Zeit, mich auf die Operation vorzubereiten.

„Ich habe gleich eine OP, aber danach komme ich noch mal bei dir vorbei."

Ich warf einen Blick auf den Beistelltisch und sah das dicke Buch liegen. Sein Blick folgte meinem.

„Ach das … das ist eine Abhandlung über die Entstehung des Universums … sehr interessant … und sehr komplex. Wenn ich das durchhabe, weiß ich, wo wir alle herkommen." Er grinste. Ja, so gefiel er mir schon viel besser, der freche und humorvolle Joseph, der auch über sich selber lachen konnte.

Nachdem ich meine Patientin operiert und noch einige weitere Patienten in der Sprechstunde behandelt hatte, schaute ich wie versprochen bei Joseph vorbei. Er saß in seinem Bett und war in den dicken Wälzer vertieft.

Als ich das Zimmer betrat, freute er sich und wirkte aufgeräumt. Auf meine Nachfrage antwortete er: „Donna kommt heute doch nicht. Ihr ist etwas sehr Wichtiges dazwischengekommen. Sie wünscht mir gute Besserung und will morgen auf jeden Fall vorbeikommen. Ist das nicht witzig?"

Er sah mich vielsagend an.

„Na ja, witzig geht anders – oder? Aber auf jeden Fall hast du heute Abend deine Ruhe und kannst noch einen Tag länger nachdenken", antwortete ich, ebenfalls erleichtert, dieser Frau heute nicht mehr zu begegnen. Vor allem freute ich mich für Joseph, weil er die Ruhe für seine Genesung brauchte.

Wir unterhielten uns noch ein wenig über das Buch, das er gerade las. Er fand, dass es ein paar interessante Aspekte beleuchtete, die ihm noch nicht bekannt waren.

Ich versprach ihm, dass ich abends noch mal vorbeikommen würde.

Sammy wartete schon auf mich. Er hatte ganz offensichtlich mit Clare Kuchen gebacken. Es duftete in der ganzen Wohnung, und er hatte krümelige Finger.

Wir begrüßten uns wie immer mit einer Umarmung, einem Kuss und rieben unsere Nasen aneinander. Dieses Ritual hatte sich zufällig entwickelt, als er nach dem Autounfall im Krankenhaus lag und ich bei ihm war. Damals, er war ja erst zwei Jahre alt, hatte er es nicht bewusst aufgenommen, aber im Unterbewusstsein musste es ihm so viel Trost gespendet haben, dass es etwas Beruhigendes für ihn hatte. Wenn wir uns so begrüßten oder auch trösteten, war danach die Welt für ihn wieder in Ordnung. Es war, als würde dieses Ritual in ihm einen Schalter umlegen. Ich war froh, dass es so war. So wusste ich todsicher immer, was ich tun musste, wenn er mal wieder einen Albtraum hatte oder sich nicht gut fühlte.

Später spielte ich mit Sammy, während Clare auf der Couch an einem Comic arbeitete. Er hatte sich diesmal seine LEGO-Bausteine in das Wohnzimmer geholt, mit denen er jetzt hingebungsvoll etwas baute. Er setzte konzentriert einen Stein auf den anderen, sein Turm wurde immer höher. Ich hielt ihn fest, damit er nicht umkippte, aber in einem Moment der Unaufmerksamkeit passierte es dann doch! Mit einem lauten Klappern fiel er um und brach auseinander. Sammy erschrak, beruhigte sich jedoch schnell wieder.

Mein Hase war immer noch sehr lärmempfindlich. Es gab bestimmte Geräusche, bei denen er unwillkürlich zusammenzuckte, selbst wenn sie nicht laut waren. Das hing mit dem Autounfall zusammen, aber ich hoffte, dass sich auch das eines Tages geben würde.

Er baute wieder einen Turm, aber diesmal nicht so hoch und breiter. Er hatte gelernt …

Nachdem ich Sammy ins Bett gebracht hatte, prüfte ich in meinem Büro alle eingegangenen Laborberichte, unter anderem den von Joseph. Es gab keine Hinweise auf Blutarmut oder Entzündungsherde in seinem Körper. Ich war froh, dass dieser Milzriss so glimpflich ausgegangen war. Bei einer so heftigen Gewalteinwirkung durch die Tritte hätte es auch viel schlimmer kommen können. Das Tückische daran war, dass der Patient unbemerkt innerlich viel Blut verlor und daran sogar sterben konnte. Doch das war bei Joseph Gott sei Dank nicht der Fall gewesen.

Auf dem Gang kam mir Phoebe entgegen, sie lächelte versonnen in sich hinein.

„Nanu, noch hier? Du hast doch schon längst Feierabend!", sprach ich sie an. Sie schaute mich erschrocken an, dann hatte sie sich schnell wieder in der Gewalt.

„Ich … ähm … ich habe noch was für die Prüfungen recherchiert. Aber jetzt mache ich Schluss."

„O-keey", sagte ich gedehnt, „dann bis morgen."

„Ja, bis morgen", verabschiedete sie sich von mir, dann lief sie eilig auf den Ausgang zu.

„Was hat Phoebe noch hier gemacht?", fragte ich Rachel, als ich an den Empfang trat.

„Phoebe? Die ist doch schon vor einer Weile gegangen …", sagte sie erstaunt.

„Nein, sie ist mir gerade begegnet und hat gesagt, dass sie noch was für die Prüfung recherchiert hat."

„Davon weiß ich nichts, das muss sie dann wohl im Alleingang gemacht haben.“

„Hm, merkwürdig. Ich werde das Mädchen wohl mehr im Auge behalten müssen.“

Ich schüttelte den Kopf und machte mich auf den Weg zu Joseph.

Er lag mit geschlossenen Augen in seinem Bett, das Buch mit dem Gesicht nach unten auf dem Schoß.

„Hi Jo“, machte ich mich bemerkbar.

Er öffnete die Augen und sah mich merkwürdig an. Ich wurde wachsam.

„Was ist passiert?“, wollte ich wissen.

„Ich wurde gerade nach einem Autogramm gefragt.“

„Was? … Von wem?“, fragte ich erschrocken, in mir keimte ein Verdacht.

„Von einer Krankenschwester, die ich hier noch nie gesehen habe.“

Phoebe! Das hat sie also noch „recherchiert“! Die würde ich mir morgen vorknöpfen!

„Oh … das tut mir sehr leid, das hätte nicht passieren dürfen! Ich werde gleich morgen mit ihr reden, das geht gar nicht!“

„Schon gut“, beschwichtigte er mich, „Sie schien sich ehrlich gefreut zu haben.“

„Trotzdem“, grummelte ich.

„Was macht sie hier? Sie schien ziemlich jung zu sein."

„Sie ist eine Lernschwester und bereitet sich hier auf ihre Prüfungen vor. Ich hatte ihr ausdrücklich verboten, meine Patienten zu behelligen. Diese Vereinbarung habe ich mit meinem gesamten Personal, auch mit ihr!"

„Sie hat es dann wohl vergessen …"

„Hm", antwortete ich sarkastisch.

Joseph lächelte entspannt. „Na ja, kann ja mal vorkommen – oder?"

Ich würde das mit ihm nicht weiter ausdiskutieren. Phoebe würde mir morgen Rede und Antwort stehen müssen. So etwas durfte bei meinen Patienten überhaupt nicht passieren. Sie bezahlten für eine gesicherte Privatsphäre. Da konnte keine Lernschwester kommen und sich über diese Regeln hinwegsetzen. Sie würde von mir eine Verwarnung bekommen. Das widerstrebte mir zwar, aber wenn ich nicht am Anfang durchgriff, würde es nicht besser werden.

„Und", fragte ich Joseph, um ihn abzulenken, „was gibt's Neues vom Universum? Gibt es intelligentes Leben auf der Erde?"

„Keine Ahnung. Ich bin hier nur zu Besuch!", antwortete er bierernst auf meine Frage.

Wir mussten beide lachen. Es war ein entspanntes und ungezwungenes Lachen. Wir unterhielten uns noch eine Weile über das Buch, die Sterne und Planeten. Es war erstaunlich, wie viel er darüber wusste. Er schien schon einiges an Literatur dazu verschlungen zu haben.

Während wir uns unterhielten, untersuchte ich ihn noch einmal.

„Morgen werde ich dir eine neue Kanüle legen."

„Warum?"

„Aus hygienischen Gründen. Mit der Zeit setzen sie sich zu, und wenn sie nicht rechtzeitig gewechselt werden, kann das lebensgefährlich werden."

Ich bemerkte, wie seine Augenlider langsam schwer wurden. Daher verabschiedete ich mich und wünschte ihm eine gute Nacht.

Es war noch nicht so spät, als ich wieder zu Hause war. Clare saß auf der Couch und zappte sich durch das Fernsehprogramm. Als sie mich hörte, schaltete sie den Fernseher aus und kam auf mich zu. Sie hatte eine sündhaft enge schwarze Jeans mit einem knappen roten Top an, darüber eine schwarze Lederjacke mit Nieten. Ihre Locken hatte sie sich locker hochgesteckt, und ihr Gesicht war geschminkt. Sie sah absolut heiß aus, gar nicht mehr meine Clare, die heute noch mit Sammy Kuchen gebacken hat. Ich schenkte ihr einen anerkennenden Blick.

„Ich gehe mit meinen Mädels noch mal auf die Pirsch."

„Oh schön. Wo geht's hin?"

„Mal sehen, ob wir einen Pub finden, der Live-Musik spielt. Ich würde gern ein bisschen tanzen und dazu ein Guiness trinken."

„Dann wünsche ich dir viel Spaß."

Ich nahm mir ein Glas Wein und mein Buch, in das ich mich so vertiefte, dass ich die Zeit völlig vergaß. Als ich zufällig auf die Uhr schaute, erschrak ich. Es war schon um elf. Ich war gar nicht müde, aber da ich wusste, dass ich morgen wieder einen anstrengenden Tag haben würde, entschied ich mich dafür, mich schlafen zu legen.

Vorher sah ich noch einmal nach Sammy. Er schlief ruhig, keine Anzeichen eines Albtraumes – noch nicht. Ich wusste nicht, was ich machen sollte. Sollte ich ihn sicherheitshalber mit in mein Bett nehmen? Das war zwar keine Garantie dafür, dass er keinen Albtraum bekommen würde, aber immerhin wäre ich sofort bei ihm ...

Ich entschied mich dagegen und ließ ihn ungestört weiterschlafen. Ich würde meine Zimmertür offen-lassen, dann hörte ich ihn auf jeden Fall. Ich hatte ohnehin einen leichten Schlaf und wachte bei dem kleinsten Geräusch auf.

Ich ließ den Tag noch einmal Revue passieren, kam aber nicht weit, als mich der Schlaf übermannte.

-oOo-

„Neeiin!"

Schreiend erwachte ich, völlig schweißgebadet. Ich lag in meinem Bett, steif vor Entsetzen, starr vor Angst und konnte dieses Bild aus meinem Traum einfach nicht loswerden.

Josephs Gesicht! Es war über und über mit Blut bedeckt. Sein schönes Gesicht war ausdruckslos und seine Augen starrten blicklos ins Leere.

Selbst jetzt, wo ich wach war, verlor dieses grausame Bild kein bisschen von seiner Intensität. Es hielt mich gefangen und versetzte mich in Angst und Schrecken.

Ich legte meinen Kopf in die Hände und merkte, wie mir die Tränen über die Wangen liefen.

„Nein!", flüsterte ich. „Es war nur ein Traum! Joseph geht's gut. Er ist am Leben."

Ein verzweifelter Schluchzer entrang sich meiner Brust, ich ließ mich wieder aufs Bett fallen und rollte mich zusammen. Ich weinte haltlos, ich weinte um mich, um Benni, um Sammy und um Joseph …

Ich ließ meine ganze Trauer, meinen Schmerz und meine Verzweiflung raus. Die Tränen nahmen alles mit, und als sie endlich versiegten, fühlte ich mich ein klein wenig besser. Nur noch gelegentlich bahnte sich ein Schluchzer seinen Weg nach außen, während ich reglos zusammengerollt auf meinem Bett lag. Ich richtete mich langsam auf, noch immer am ganzen Körper zitternd.

Benommen stand ich auf, schleppte mich ins Badezimmer – der Wecker zeigte zwei in der Nacht – und ließ mir kaltes Wasser über die Arme laufen, dann kühlte ich mein heißes Gesicht und wusch die salzigen Tränen weg. Das Zittern ließ endlich ein wenig nach.

In Sammys Zimmer hockte ich mich neben sein Bett. Ich betrachtete meinen schlafenden Schatz. Vielleicht würde wenigstens er diese Nacht ungestört schlafen. Mein Albtraum erschien mir schlimm genug für zwei. Aber wenn Sammy ruhig schlafen konnte, dann würde ich diese Last gerne tragen wollen. Ich lächelte bei diesem Gedanken. Aber seit wann wurden solche Wünsche wahr? Ich seufzte und verließ sein Zimmer.

Dennoch ließ mir der Gedanke an Joseph keine Ruhe. Wurde ich langsam verrückt?

Obwohl ich wusste, dass er in Ordnung war (ansonsten hätte sich Rachel schon längst gemeldet), griff ich zum Telefon und rief auf der Station an.

„Annie?" Ihre Stimme klang sehr überrascht.

„Rachel ... ich ... ich wollte gern wissen, ob mit Joseph alles ok ist."

„Ja, warum sollte es nicht?" Jetzt klang sie besorgt.

„Annie! Was ist los? Du klingst, als hättest du einen Geist gesehen!"

Oh Gott! Wie nah sie an der Wahrheit war!

„Weißt du was?", sagte sie entschlossen. „Joseph hat vor einer halben Stunde seine Spritze bekommen. Er schläft wie ein Baby. Ich komme jetzt zu dir hoch, und dann reden wir."

„Nein ... Rachel ..." Aber sie hatte schon aufgelegt.

Ich legte das Telefon langsam auf dem Tisch ab.

Rachel wusste, wie sie zu mir kam, sie kannte auch den Lift-Code. Ich hatte ihn ihr mal für Notfälle gegeben. Offenbar war dieser Notfall heute eingetreten.

Ich wusste nicht, was es für mich bedeuten würde, wenn ich mich ihr heute öffnen würde. Würde sie mich verstehen? Würde sie mich ernst nehmen? Oder würde sie mich für verrückt erklären? Ich wusste es nicht, aber ...

Da es leise klopfte, konnte ich den Gedanken nicht zu Ende führen. Ich öffnete die Tür und ließ Rachel ein. Zielsicher steuerte sie auf die Küche zu und begann darin zu hantieren, als ob sie hier wohnen würde.

Nach wenigen Minuten kehrte sie ins Wohnzimmer zurück und reichte mir eine dampfende Tasse.

„Hier, trink! Das ist meine Universalwaffe in solchen Fällen. Es beruhigt und entspannt."

Ich setzte mich auf die Couch, sie nahm neben mir Platz.

„Was ist das?"

„Trink!", wies sie mich an, ohne meine Frage zu beantworten.

Ich nahm vorsichtig einen Schluck. Es schmeckte leicht süß, etwas scharf und mild zugleich, mit einer exotischen Note nach Zimt, Nelken und Kardamom.

„Mmh." Ich nahm einen weiteren Schluck.

„Das ist Chai-Tee", sagte sie und hielt eine kleine blaue Dose hoch.„Wirkt garantiert!"

Sie stellte die Dose ab und ergriff meine eiskalte Hand. „So, und nun erzählst du mir, was dir auf der Seele liegt!"

Ihr Ton ließ keinen Widerspruch zu. Ich blickte auf meine Hände und schluckte. Sollte ich wirklich …? Ich musste über meinen Schatten springen, ich hatte meine Trauer noch nie mit jemandem geteilt. Es würde mir sicherlich guttun, endlich mal darüber zu sprechen. Ich räusperte mich und begann. Langsam bahnten sich die ersten Worte ihren Weg über meine Lippen, zuerst noch holprig, dann schneller, und schließlich sprudelte alles aus mir heraus.

Ich weinte wieder, aber Rachel sagte nichts, sie unterbrach mich nicht, sie ließ mich reden und reden und reden. Ab und zu drückte sie meine Hand, wie um mir zu zeigen, dass sie noch anwesend war. Während ich sprach, sah ich in ihrem Gesicht die verschiedensten Emotionen. Schmerz, Trauer, Überraschung, Wut, Liebe, Hoffnung, all das, was ich auch fühlte, während ich ihr alles erzählte.

Als ich fertig war, war es still im Zimmer. Ich zitterte wie Espenlaub, sie nahm mich in den Arm und hielt mich fest. Sie sagte gar nichts, sondern spendete mir auf diese stille Art und Weise Trost. Zögernd legte auch ich meine Arme um sie. Sie strich mir rhythmisch über den Rücken und wiegte mich ganz sanft hin und her. Langsam hörte das Zittern auf, die Tränen versiegten, und meine völlig irrationale Angst um Joseph, von der ich wirklich nicht wusste, wo sie herkam, zog sich in die hinterste Ecke meines Herzens zurück.

Rachel bemerkte, dass ich mich beruhigt hatte. Sie löste sich von mir und schaute mir prüfend ins Gesicht.

„Geht es dir jetzt besser?"

Ich nickte und versuchte ein Lächeln, das ziemlich kläglich ausfiel.

„Es ist ein Wunder, dass du so lange durchgehalten hast", sagte sie liebevoll.„Doch es tut dir nicht gut, diese Gefühle in dich hineinzufressen. Du gehst daran kaputt."

„Ich weiß", antwortete ich kleinlaut.

„Und für deinen Sohn ist das auch nicht gut. Du solltest dir selbst und vor allem ihm zuliebe versuchen, dieses Ereignis zu verarbeiten anstatt es in dir wüten zu lassen. Ich helfe dir gern."

„Danke Rachel …"

„Ich bin dann wieder unten, aber denk dran, reden tut gut, und ich bin immer für dich da."

„Ja, ich weiß …", flüsterte ich.

Sie strich mir noch ein letztes Mal über den Arm und blickte mich warmherzig an, dann verließ sie meine Wohnung.

Ich brachte meine Tasse in die Küche, setzte mich wieder auf die Couch und nahm die kleine Dose in die Hand, die sie mir dagelassen hatte. Chai-Tee also!

Kurze Zeit später hörte ich den Schlüssel im Schloss, Clare betrat die Wohnung. „War das eben Rachel?"

„Ja, sie hatte mir nur was Dringendes zu sagen", log ich.

„Ach so."

„Hattest du einen schönen Abend?"

„Jaaa! Es war suuuper, aber jetzt muss ich ins Bett." Sie gähnte. „Gute Nacht Annie."

„Gute Nacht Clare."

Dann war es wieder still. Ich seufzte, stand auf, löschte alle Lichter und warf noch einen Blick auf Sammy, der friedlich schlummerte.

Wieder in meinem Bett fürchtete ich mich aber davor, die Augen zuzumachen und wieder dieses schreckliche Bild von Joseph zu sehen, doch irgendwann schlief ich ein.

Als mein Wecker klingelte, fühlte ich mich erschlagen. Aber es nützte nichts, ich hatte einen weiteren Arbeitstag zu meistern.

Der Empfang war unbesetzt, aber ich hörte aus einem der anderen Patientenzimmer gedämpfte Stimmen. Daher schaute ich zuerst in Josephs Zimmer.

Er schien gerade aufgewacht zu sein und sah noch ganz verschlafen aus, als er mich schief anlächelte.

„Guten Morgen Jo", begrüßte ich ihn.

„Morgen Annie." Sein Lächeln verschwand, als er mich ansah.

„Hast du schlecht geschlafen?", wollte er wissen. Er hatte die Augenringe in meinem Gesicht nicht übersehen.

„Ja, habe ich. Und du, hast du gut geschlafen?"

„Nein, nicht so gut … das viele Liegen bekommt mir nicht. Kann ich mich nicht etwas bewegen?"

In diesem Moment klopfte es, und Dean brachte das Frühstück herein.

„Iss erst mal in Ruhe, wir reden nachher darüber. Ich denke, dass sich da was machen lässt."

Nach dem Frühstück hatte ich noch ein paar Minuten Zeit, um das Gespräch mit Joseph zu beenden.

„Du kannst also nicht mehr liegen, hm?", fragte ich ihn.

„Genau, ich fühle mich steif, und mir tun mein Hintern und mein Rücken weh. Ich bin so langes Sitzen und Liegen nicht gewöhnt."

„Machst du regelmäßig Sport?"

„Ja. Manchmal, wenn ich lange im Studio zugebracht habe, jogge ich eine Runde, ansonsten schwimme ich und trainiere im Fitness-Studio, vor allem vor Konzertreisen, um mich fit zu machen."

„Das wird hier schwierig. Mit Joggen musst du erst mal aussetzen, bis dein Beckenknochen wieder verheilt ist. Die starken Erschütterungen würden die Heilung verzögern ..." Ich dachte nach. „Schwimmen ... Brust oder Rücken?"

„Beides, aber ich kraule lieber."

„Du kannst in Kürze wieder schwimmen, aber vorerst nur Rücken und ohne Armbewegungen wegen deiner Schulter. Für das Fitness-Studio gilt das auch. Fang erst mal mit leichten Gewichten an und steigere dich langsam."

Ich überlegte, wie ich ihm hier Bewegung verschaffen konnte. Dann hatte ich eine Idee.

„Wir haben jetzt zwei Möglichkeiten, wie du dich mehr bewegen kannst, ohne dabei zu sitzen oder zu liegen."

„Ja?"

„Wir haben im Untergeschoss für unsere Orthopädie-Patienten ein Trainingszentrum. Dort gibt es Laufbänder und Fahrräder. Ich könnte für dich dort Termine machen, dann kannst du dich dort etwas bewegen."

„Termine?"

„Ja, das ist kein Fitness-Studio im herkömmlichen Sinne, sondern ein Therapiezentrum, um unsere Patienten durch kontrollierten Sport wieder fit zu machen, daher ist auch immer ein Therapeut dabei, der dich überwacht und gegebenenfalls gleich korrigiert. Es wäre aber eine Möglichkeit, dich zu bewegen. Die Alternative wäre, dass du in unserem Park im Innenhof ein wenig spazieren gehst. Er ist recht groß und hat viele Bäume und Bänke. Ich verbringe da gerne mal meine Mittagspause, wenn das Wetter schön ist. Was meinst du?"

„Klingt beides gut."

Er schob den Tisch beiseite und schwang die Beine aus dem Bett.

„Aber der Park scheint für heute eine gute Idee zu sein, vor allem weil das Wetter grad so schön ist."

„Da kannst du sogar allein hin."

„Würdest du mich vielleicht begleiten?"

„Warum?"

Er zögerte und wurde rot.

„Weil … weil ich deine Gesellschaft genieße und gern mit dir rede", gab er dann unumwunden zu.

Damit hatte ich nicht gerechnet. Ich hatte in meiner Praxis immer einen viel engeren Kontakt zu meinen Patienten, als die Ärzte in der Klinik, aber das lag daran, dass ich meistens nur zwei bis drei, in seltenen Fällen auch mal fünf Patienten hatte. Allerdings bezahlten meine Patienten auch für die größere Nähe zu einem Arzt und den umfassenden Service bei uns.

Dennoch war ich überrascht, dass Joseph so empfand. Aber ich musste zugeben, dass ich mich in seiner Gesellschaft auch wohlfühlte. Er war unkompliziert, fröhlich, intelligent, auch nachdenklich und vor allem sehr aufmerksam und kein bisschen abgehoben. Star-Allüren suchte man bei ihm vergeblich.

Da hatte ich schon ganz andere Patienten gehabt, die konnten ganze Völkerstämme beschäftigen und waren immer noch nicht zufrieden.

Aber bei Joseph war das irgendwie anders. Wir verstanden uns auf Anhieb, ich könnte mich mit ihm stundenlang unterhalten, wenn es meine Zeit zulassen würde. Das war wohl auch der Grund, weshalb er neuerdings in meinen Träumen auftauchte … Ich wurde rot.

„Heute habe ich ziemlich viele Termine, aber wenn zwischendurch was frei ist, denke ich an dich. Ich werde dir aber mal eine Krücke bringen lassen, dann kannst du dich auch innerhalb der Station bewegen. Vorn haben wir einen Gemeinschaftsraum, da ist auch ein Austritt auf die Terrasse mit einigen Sitzgelegenheiten. Vielleicht magst du dich ja dort ein wenig aufhalten?"

„Ich schau's mir mal an", versprach er.

Ich stand auf und wandte mich zum Gehen.

„In einer Stunde hast du wieder ein Date mit Aaron", erinnerte ich ihn und verließ sein Zimmer.

Auf dem Weg zum Empfang lief mir Phoebe über den Weg. Ich winkte sie zu mir.

„Bitte komm in zehn Minuten in mein Büro, ich möchte dich kurz sprechen."

Ich hatte in einer halben Stunde meinen ersten Patienten. Und danach alle die Patienten, die mir die Sprechstunde bescherte. Während der Mittagspause konnte ich mit Joseph im Park etwas laufen.

Am Nachmittag hatte ich zwei Termine im OP, die mich den ganzen Nachmittag beschäftigen würden. Diesmal waren es keine Patienten meiner Praxis, sondern Patienten der Klinik. Ich übernahm diese Arbeit aber immer gerne, wenn es nötig war.

Es klopfte und Phoebe trat ein. Ich wies auf einen der Stühle vor meinem Schreibtisch und ließ sie noch einen Augenblick schmoren. Dann wandte ich ihr meine Aufmerksamkeit zu.

Ich hasste solche Gespräche, sie waren für mich eine Zeitverschwendung, aber ich musste sie davon abhalten, meine Patienten zu belästigen. Sie war hier eine Pflegekraft und hatte sich daher professionell zu verhalten. Zwar war sie noch sehr jung, aber sie hatte meine Anweisungen zu befolgen – ohne Ausnahme.

Ich holte Luft und fragte, wie ihr erster Tag verlaufen war. Sie erzählte mir, dass sie Dean den ganzen Tag begleitet und er ihr viel gezeigt hatte. Sie fand die Arbeit sehr interessant und hoffte, hier in der Klinik eine Anstellung zu bekommen. *Ok, soweit so gut.*

„Und was hast du gestern Abend noch recherchiert?", wollte ich wissen. Ich war sehr gespannt, was sie mir erzählen würde.

Sie wand sich sichtlich und stotterte herum. Sie hätte für Medikamentenkunde gelernt und sich die Medizin in unserem Medikamentenschrank angesehen. Sie wollte lesen, welche Inhaltsstoffe darin enthalten waren und wofür man sie verwendete.

„Rachel hat dich gestern nicht mehr gesehen. Wo hast du denn deine Recherchen betrieben?"

Sie sagte nichts und schaute nach unten, während sie ihre Hände knetete.

„Kann es zufällig sein, dass du bei deinen Recherchen auf einen meiner Patienten gestoßen bist?"

Sie schnappte nach Luft und sah mich erschrocken an.

„Was hattest du im Zimmer von Joseph Silver zu suchen? Hatte ich dir nicht eindringlich klar gemacht, dass meine Patienten ihre Privatsphäre hier sehr zu schätzen wissen und ich eine Verletzung dieser nicht dulde?"

„Ja", sagte sie kleinlaut.

„Ich möchte nicht, dass so etwas noch mal vorkommt. Wenn du damit allerdings ein Problem hast, dann sag es mir gleich, dann müssen wir für dich eine andere Station suchen."

Sie schaute mich entsetzt an und beeilte sich, mir zu versichern, dass das nicht noch einmal passieren würde.

In freiem Fall

Bis zum Mittag hatte ich vollauf zu tun, alle wartenden Patienten zu behandeln. Dean steckte seinen Kopf durch die Tür des Behandlungszimmers.

„Inspector Blunt bittet dringend um einen Rückruf."

„Ok. Danke."

Seufzend eilte ich in mein Büro.

„Dr. Jonasson! Hallo und danke für den schnellen Rückruf", begrüßte mich Blunt.

„Inspector Blunt. Was gibt es Dringendes?"

„Wir haben etwas sehr Wichtiges in Josephs Fall herausgefunden. Kann ich kurzfristig mit ihm sprechen?"

Ich überlegte, er fühlte sich so viel besser als noch am Sonntag, also sollte es wohl kein Problem sein, zumindest nicht körperlich. Mental konnte ich es schlecht einschätzen, aber Joseph musste die Wahrheit erfahren.

„Ja, sein Zustand ist stabil, es geht ihm viel besser, er sollte es verkraften."

„Wann kann ich am besten kommen?"

„Muss ich mit dabei sein?"

„Das hängt davon ab, ob er es möchte." Nicht nur das, dachte ich mir. Als seine Ärztin sollte ich in der Nähe sein, falls er doch zusammenklappte.

„Hmm … dann kommen Sie so in einer Stunde, dann habe ich ein bisschen Luft", sagte ich.

Nachdem ich das Telefonat beendet hatte, eilte ich zu Joseph. Er sah mich erstaunt an, als ich die Tür ein wenig zu schwungvoll öffnete.

„In einer Stunde kommt Inspector Blunt vorbei und würde sich gern mit dir unterhalten. Es geht um den Freitagabend, als du …", ich zögerte, dieses Wort zu verwenden, „… zusammengeschlagen wurdest."

Bei meinen letzten Worten zuckte er zusammen, und sein Gesicht verzog sich schmerzhaft.

„Er überlässt dir die Entscheidung, ob du mich dabeihaben möchtest oder nicht. Falls nicht, bin ich auf jeden Fall in der Nähe …"

„Nein …"

„Ok …"

„Nein … warte … ich meine … ich möchte dich dabei haben … nur für alle Fälle … ich habe keine Geheimnisse. Bitte …" Er war aufgewühlt und atmete schneller.

„Ist gut. Beruhige dich Jo, er will dir nur ein paar Fragen stellen."

„Ok." Er atmete tief durch und versuchte, ruhiger zu werden, aber ich merkte, dass es in ihm arbeitete. Die Tatsache, dass ihn jemand scheinbar grundlos verprügelt hatte, machte ihm schwer zu schaffen. Ich hoffte, dass ihm meine Anwesenheit wenigstens ein wenig Halt gab, diese Befragung durchzustehen.

„Jo, ich habe noch ein paar Patienten in der Sprechstunde. Kann ich dich bis dahin allein lassen?"

„Ja … ja, passt schon."

Er lächelte mich an, aber das Lächeln erreichte seine Augen nicht. Ich sah den Schmerz und die Qual darin.

Schweren Herzens verließ ich sein Zimmer, er hatte mich kein bisschen überzeugt. Ich konnte ihn besser verstehen, als er auch nur ansatzweise ahnte. Auch ich wurde ständig von meinen Erinnerungen eingeholt. Fast jede Nacht erlebte ich sie, die schrecklichsten Stunden meines Lebens – wieder und wieder! Und ich konnte nichts, aber auch gar nichts dagegen tun. Ich musste damit fertig werden. Irgendwie.

Doch jetzt kümmerte ich mich erst mal um meine Patienten. Und danach war Joseph dran. Ich rief meinen nächsten Patienten auf. Nach und nach leerte sich das Wartezimmer.

Dean räumte bereits das Behandlungszimmer auf, desinfizierte alle Oberflächen und sammelte alles zum Sterilisieren ein.

Inzwischen war Inspector Blunt da. Ich fragte mich, was er zu erzählen hatte.

Wir betraten Josephs Zimmer. Er schaute uns unsicher entgegen.

„Hallo Joseph, ich bin Inspector Blunt. Hat Ihnen Dr. Jonasson schon gesagt, warum ich hier bin?", fragte Blunt.

„Ja, Sie wollen mir einige Fragen zu … zu … dem Abend stellen." Er holte tief Luft und war sehr angespannt.

„Ja, das ist richtig, aber ich habe auch einige Informationen für Sie und ein Anliegen. Doch der Reihe nach, zuerst die Fragen."

„Ok, schießen Sie los."

„Gut. Kannten Sie den Mann, der Sie angegriffen hat?"

„Nein."

„Wie hat das Ganze angefangen? Hat er Sie angesprochen?"

„Ich kann mich nicht mehr genau dran erinnern, aber ich weiß noch, dass wir vor dem Lokal standen. Wir hatten schon etwas getrunken und wollten gerade noch in einen anderen Pub. Da kam dieser Kerl zu mir und hat mich angepöbelt. Fragen Sie mich bitte nicht, was er genau gesagt hat, ich weiß es nicht mehr …"

Blunt unterbrach ihn: „Das müssen Sie auch nicht, das haben Ihre Freunde für sie getan." Er gab Joseph ein Zeichen, fortzufahren.

„Jedenfalls fing er plötzlich an, auf mich einzuschlagen. Ich hörte Schreie, und dann weiß ich nichts mehr. Ich bin erst hier wieder aufgewacht und habe durch Annie … äh … Dr. Jonasson erfahren, was passiert ist."

Joseph verstummte, die Erinnerungen an diesen Abend quälten ihn.

„Haben Sie eine Ahnung, warum das passiert ist?", fragte Blunt nun weiter.

„Nein … keine", flüsterte Joseph.

„Haben Sie sonst noch etwas bemerkt, das Ihnen ungewöhnlich vorkam?"

Joseph dachte angestrengt nach, dann schüttelte er den Kopf.

„Nein, es war ein ganz normaler Abend, bis …" Er verstummte.

„Danke Joseph, mehr Fragen habe ich dazu erst mal nicht."

Blunt machte eine Pause, um Joseph eine kurze Auszeit zu gönnen. Auch er merkte, dass ihn das Ganze ziemlich mitgenommen hatten.

Nach einem Moment fuhr er fort: „Ich habe aber eine positive Nachricht für Sie. Der Täter wurde von Ihren Freunden überwältigt und konnte festgenommen werden. Wir haben auch die Person identifiziert, die hinter dieser Tat steckt."

„Was?"

„Ja. Dennis Corin, der Täter, hat nicht aus eigenem Antrieb gehandelt. Er wurde dafür bezahlt."

Joseph war perplex, seine Frage nur noch ein Flüstern.

„Von wem?"

„Und da kommen wir zum unangenehmen Teil."

„Von wem?", verlangte Joseph noch einmal zu wissen.

Blunt atmete tief durch. Er fühlte sich sichtlich unwohl in seiner Haut, Joseph jetzt diese Information geben zu müssen. Er holte tief Luft, dann sprach er die Worte aus.

„Es war Donna Caban."

Die plötzliche Stille im Raum war beängstigend. Joseph schnappte nach Luft. Sein Blick irrte von Blunt zu mir, dann wieder zu Blunt.

„Donna?", fragte er mit brüchiger Stimme.

Blunt nickte, sein Blick war mitfühlend.

„Warum?" Seine Stimme war nur noch ein Flüstern.

„Sie wollte nicht, dass Sie sie verlassen."

Joseph war sprachlos. Er konnte nicht fassen, was er eben gehört hatte, und war tief erschüttert. Sein Atem wurde immer schneller, Schweißperlen bildeten sich auf seiner Stirn. Verzweifelt griff er sich mit der Hand an den Ausschnitt seines Shirts und zerrte daran.

Das war der Moment, den ich so gefürchtet hatte. Gott sei Dank war ich darauf vorbereitet und hatte alles Nötige dabei. Ich fühlte schnell seinen Puls. Ich musste nicht zählen, er raste. Joseph zitterte am ganzen Körper, sein Blick irrte rast- und ziellos umher. Ich setzte ihm schnell die Atemmaske auf und spritzte ihm ein Beruhigungsmittel. Das alles dauerte nur wenige Sekunden.

In mir tobten die Gefühle. Ärger. Wut. Sorge. Alles auf einmal. Ich atmete tief durch und beobachtete ihn. Er war in sein Kissen gesackt und hatte die Augen geschlossen. Er war so weiß wie die Laken. Langsam beruhigte sich sein Atem. Ich fühlte wieder seinen Puls, er raste immer noch, aber nicht mehr ganz so furchterregend schnell. Jetzt konnte ich nur warten.

Ich sah Blunt vielsagend an.

„Wird er wieder?", fragte er schuldbewusst.

„Ja, aber der Schock sitzt tief, den muss er erst mal überwinden."

„Es tut mir sehr leid, dass es so weit gekommen ist."

„Es ist nicht Ihre Schuld", beruhigte ich ihn. „Irgendwann hätten Sie es ihm ja doch sagen müssen. Und ob seine Reaktion dann weniger heftig ausgefallen wäre, weiß ich nicht."

„Ja, das stimmt."

Er erhob sich.

„Ich werde jetzt besser gehen, ich habe genug Unheil angerichtet." Er wirkte niedergeschlagen.

„Nein, so dürfen Sie das nicht sehen. Es hätte auch anders kommen können. Sie haben doch nur Ihre Arbeit gemacht."

Blunt nickte, dann fragte er mich leise: „Falls Donna auftauchen sollte, dann wissen Sie was zu tun ist?"

„Ja, Ihre Kollegen haben mir alles gezeigt."

„Gut, dann hoffen wir auf ein schnelles Ende."

Er verabschiedete sich und verließ das Zimmer. Ich setzte mich zu Joseph auf das Bett und betrachtete ihn. Sein Gesicht war kalkweiß und schweißgebadet, die Haare klebten ihm wirr am Kopf und in der Stirn. Ich strich sie ihm vorsichtig beiseite. Er atmete jetzt wieder relativ ruhig. Offenbar schlug die Beruhigungsspritze an, und die Atemmaske tat ihr Übriges.

Dean kam herein und erkundigte sich, ob ich noch etwas brauchte. Ich schüttelte den Kopf. Er sah meinen traurigen Blick und kam näher. Als er Joseph so liegen sah, ballte er die Fäuste. Auch er war wütend auf Donna und besorgt um Joseph. Er hatte am Rande mitbekommen, was passiert war, wusste aber keine Einzelheiten, was vielleicht auch besser war, sonst hätte er möglicherweise seine gute Kinderstube vergessen. Und ich könnte es ihm nicht einmal verdenken.

Im Hinausgehen bat ich Dean, mir einen Rollstuhl zu bringen. Ich hatte den Entschluss gefasst, Joseph mit einem Spaziergang im Park abzulenken. Zwei Minuten später stellte er den Rollstuhl neben dem Bett ab.

Nach einer gefühlten Ewigkeit schlug Joseph die Augen wieder auf. Sein Blick war stumpf und unendlich traurig. Ich hielt seine Hand und hatte dabei meinen Zeigefinger an seinem Puls, der sich einigermaßen normalisiert hatte.

„Wie geht es dir?"

„Besser", murmelte er unter der Maske.

„Gut. Ich nehme dir die Maske jetzt wieder ab. Versuche, ruhig zu atmen – ok?"

Er nickte, und ich entfernte die Maske. Dabei beobachtete ich ihn genau, aber er schien sich in der Gewalt zu haben.

Dann setzte ich mich wieder neben ihn, sagte aber nichts. Er starrte vor sich hin, in seinem Kopf arbeitete es.

Als er sprach, war seine Stimme kaum mehr als ein ersticktes Flüstern: „Donna … hat … das getan?"

„Ja."

„Weil sie … nicht wollte, dass … ich sie … verlasse?"

„Ja."

„Aber … aber wie … wie sollte das … funktionieren?"

„Ich weiß es nicht, vielleicht wollte sie die Besorgte spielen."

Er starrte mich mit offenem Mund an. Dann schüttelte er den Kopf, schloss die Augen und ließ sich wieder in das Kissen sinken.

„Ich glaube", begann ich, und er sah mich wieder an, „dass du jetzt einen Tapetenwechsel brauchst. Ich nehme dich mit in den Park."

„Ich weiß nicht, ob ich jetzt Kraft dafür habe …"

„Brauchst du nicht. Ich nehme dich im Rollstuhl mit. Ich möchte, dass du an die frische Luft und in die Sonne kommst. Du wirst sehen, das wird dir guttun."

Er diskutierte nicht mit mir, sondern setzte sich freiwillig und mit wackligen Beinen in den Rollstuhl. Ich deckte ihn mit einer leichten Wolldecke zu, dann schob ich ihn zum Lift. Unten angekommen brachte ich ihn in eine Ecke des Parks, von der ich wusste, dass dort nie jemand war. Sie war etwas abgelegen von den Hauptwegen, umgeben von dichten Hecken mit einem freien Platz in der Mitte. Im Halbschatten eines Baumes stand eine Bank mit Blick auf ein Blumenbeet in der Mitte des Platzes. Die Vögel zwitscherten, und die Sonne wärmte unsere Haut.

Als wir angekommen waren, setzte ich mich auf die Bank neben ihm. Er hatte wieder die Augen geschlossen und hielt sein Gesicht in die Sonne. Wir saßen einfach nur nebeneinander und schwiegen gemeinsam.

Was mochte in ihm vorgehen? Zumindest äußerlich wirkte er jetzt sehr ruhig, fast entspannt. Doch wie sah es in ihm aus?

Ich erinnerte mich an den Tag vor 4 Jahren, als meine Welt zusammenbrach. Nach dem Tod von Benni war ich so verzweifelt, dass ich das Gefühl hatte, mein Kopf sei zu klein, um die Ungeheuerlichkeit fassen zu können. Ich fühlte mich von meiner eigenen Macht- und Hilflosigkeit gelähmt. Und als mir nach der Schockphase die Erkenntnis dämmerte, dass ich ihn nie wieder sehen, anfassen, fühlen oder küssen würde, fiel ich in ein tiefes Loch. Einzig Sammy gab mir einen Grund, mich durch mein Leben zu kämpfen.

Joseph räusperte sich und sagte leise: „Ich weiß nicht, wie ich reagieren soll, wenn sie nachher kommt. Eigentlich will ich sie nicht wiedersehen."

„Das musst du auch heute auf keinen Fall. Wenn ich es weiß, dann schicke ich sie weg."

„Würdest du das für mich tun?"

„Na klar. Ich bin deine Ärztin. Ich entscheide, ob du Besuch empfangen kannst oder nicht. Wenn du sie nicht sehen willst, dann sorge ich dafür."

„Das wäre gut. Ich fühle mich echt nicht in der Lage, heute noch Theater zu spielen."

„Dann machen wir das so. Aber dennoch wirst du dich irgendwann dem Unausweichlichen stellen müssen – je eher, desto besser für dich."

Er nickte und blickte finster drein. Dieser Gedanke gefiel ihm gar nicht, aber er wusste, dass ich Recht hatte.

Mein Handy klingelte. Es war Dean. Er teilte mir mit, dass mein nächster OP-Termin um eine viertel Stunde nach hinten verschoben worden war.

„Danke Dean."

Joseph schaute mich an, sein Gesicht leer.

„Musst du wieder los?"

„Ja." Ich sah ihm in die Augen. Sie waren so traurig.

Langsam schob ich seinen Rollstuhl zum Eingang zurück. Wieder in seinem Zimmer, untersuchte ich ihn noch einmal und wechselte seine Kanüle. Seine Werte hatten sich wieder normalisiert, sein Gesicht wieder etwas Farbe bekommen. Nur sein Blick war nicht mehr so strahlend wie noch am Morgen.

„Ich muss mich jetzt für meinen OP-Termin fertig machen. Das Mittagessen kommt gleich. Danach solltest du versuchen, etwas zu schlafen. Der Vormittag war sehr anstrengend. Ich sage Jeff von der Security und Dean Bescheid, dass Donna nicht in dein Zimmer darf."

„Danke." Erleichtert atmete er auf.

Am Empfang instruierte ich Dean wegen Donna. An seinem grimmigen Blick konnte ich erkennen, dass sie an ihm nicht vorbeikommen würde. Das war gut so.

Dann machte ich mich auf den Weg in den OP. Als ich meine Praxis verließ, gab ich Jeff, unserem Wachschutz, die gleichen Anweisungen wie Dean.

Einigermaßen beruhigt fuhr ich in das Untergeschoss, wo die OP-Säle waren. Es warteten insgesamt drei statt der zwei angesetzten Operationen auf mich. Aber es war in Ordnung, Notfälle kamen immer wieder dazwischen.

Erschöpft kehrte ich auf meine Station zurück. Dean saß am Tresen und bearbeitete gerade die Akten der Patienten, die heute in meiner Praxis waren. Als ich zu ihm trat, blickte er auf.

„Und? Alles in Ordnung?", fragte ich ihn.

„Ja, alles ruhig. Donna war noch nicht da", beantwortete er auch meine unausgesprochene Frage.

Und wie aufs Stichwort hörten wir vor dem Eingang laute Stimmen. Kurz darauf öffnete sich die Eingangstür und Jeff betrat mit einer schäumenden Donna meine Praxis.

„Wieso will er mich nicht reinlassen?", schimpfte sie, ohne zu grüßen.

„Hallo Donna", sagte ich ruhig und mit eiskalter Stimme.

Sie hielt kurz inne und betrachtete mich erstaunt.

„Was ist los?", fragte sie verunsichert.

„Wir haben momentan unsere Sicherheitsmaßnahmen verstärkt, aber nichts, worüber Sie sich Sorgen machen müssen", log ich.

Sie entspannte sich etwas. Aber ich sah, dass sie Angst hatte, Angst, aufgeflogen zu sein. Das reichte mir schon. Ich war zufrieden.

„Ach so", grummelte sie. „Kann ich dann jetzt zu Joseph?"

„Nein, heute leider nicht. Es geht ihm sehr schlecht. Ich kann heute keine Besuche gestatten."

„Wieso? Vorgestern war es doch schon besser …"

Ich zog eine Augenbraue hoch.

„Soweit ich weiß, war Josephs Zustand vorgestern noch sehr labil", sagte ich kalt. Diesmal würde ich mich nicht erweichen lassen. Ich hatte Jo versprochen, sie heute von ihm fernzuhalten. Und davon würde ich nicht abweichen.

„Nur kurz?", versuchte sie, mich zu überreden.

„Nein, tut mir leid. Er ist momentan nicht in der Lage, Besuch zu empfangen."

Sie schob ihre Unterlippe vor.

„Und Sie wollen doch nicht seine Genesung gefährden – oder?", setzte ich nach.

Sie besann sich offenbar auf die Rolle, die sie spielen wollte, und nickte.

„Na gut. Morgen wieder?" Ihr Lächeln war falsch und erreichte ihre Augen nicht.

„Wenn er sich besser fühlt."

„Ok … dann bis morgen."

Sie machte auf dem Absatz kehrt und stolzierte, ohne sich noch einmal umzudrehen, zum Ausgang. Jeff begleitete sie. Dean und ich schauten uns an.

„Die ist ja echt eiskalt", sagte Dean schließlich.

Ich nickte zustimmend.

„Und skrupellos", fügte ich hinzu. Jetzt nickte Dean.

„Ich schaue mal, wie es Joseph geht."

„Ach Annie –", rief Dean mich zurück.

„Ja?"

„Josephs Eltern hatten vorhin angerufen, als er geschlafen hat. Sie entschuldigen sich. Ihnen ist ein wichtiger Termin dazwischen gekommen, sie können ihn heute nicht besuchen. Es tut ihnen sehr leid."

„Ist gut, ich richte es ihm aus."

Leise öffnete ich die Tür zu Josephs Zimmer. Er saß am Tisch und hatte sein Buch aufgeschlagen vor sich liegen, las aber nicht darin. Als ich eintrat, schaute er mich erwartungsvoll an. Er hatte offenbar den Lärm draußen gehört und war neugierig.

„Donna war da", informierte ich ihn.

„Ja, das war nicht zu überhören", meinte er sarkastisch.

„Sie will morgen wiederkommen. Ich habe ihr gesagt, dass das von deinem Gesundheitszustand abhängt. Du kannst es also selber beeinflussen."

Er schwieg und überlegte.

„Ich glaube, du hast Recht, ich sollte es so schnell wie möglich hinter mich bringen, sonst hängt das noch ewig wie ein Damokles-Schwert über mir."

Ich war erleichtert, das zu hören, ließ es mir aber nicht anmerken.

„Ach, deine Eltern haben vorhin angerufen als du geschlafen hast." Ich erzählte ihm, was Dean mir gesagt hatte.

Er nickte und wirkte weder überrascht noch verärgert.

„Sie haben bestimmt kurzfristig einen Termin bei einem Lieferanten bekommen und sind durch's halbe Land gefahren." Er lächelte nachsichtig.

„Was machen deine Eltern?"

„Sie haben einen kleinen Lebensmittelladen für britische Spezialitäten. Er ist ihr ganzer Stolz. Sie haben ihn damals von ihrem ersten Geld aufgebaut. Über die Jahre haben sie hart gearbeitet. Der Laden ist gewachsen und bekannt geworden, mittlerweile kauft sogar das Königshaus bei ihnen ein …"

„Du kannst stolz auf deine Eltern sein."

„Bin ich auch. Als kleiner Junge habe ich manchmal mit ausgeholfen. Dann haben die Kunden mir immer ein paar Pfund Trinkgeld gegeben", sagte er versonnen, als er sich erinnerte. „Und was machen deine Eltern?"

„Meine Eltern sind beide Ärzte, wie ich. Sie arbeiten in Stockholm im *Södersjukhuset* und sind Dozenten an der Universität."

„Was bedeutet *Södersjukhuset*?"

„Das bedeutet Südkrankenhaus und ist die größte Klinik Stockholms. Ich habe damals dort auch meine Ausbildung gemacht."

Er hörte mir aufmerksam zu und nickte anerkennend.

„Da kannst du aber auch stolz sein."

„Bin ich auch." Ich musste lachen, als ich merkte, dass ich die gleichen Worte nutzte, wie er vorhin. Er stimmte ein, es war eine entspannte Situation. Die Erleichterung bei Joseph hatte auch seinen Humor zurückgebracht. Ich freute mich darüber. Er sah so viel jünger aus, wenn er lachte. Um seine Augen bildeten sich dann kleine Lachfältchen, und sie strahlten.

Wir unterhielten uns noch ein wenig über die verschiedenen Spezialitäten, die seine Eltern verkauften, und über schwedische Spezialitäten. Er war sehr wissbegierig und sagte, dass er unbedingt mal nach Schweden fahren musste, um das berühmte *Smørrebrød* zu probieren. Ich lachte.

„Hast du jetzt Hunger?", neckte ich ihn.

„Ja, in der Tat."

„Na ja, es ist ja auch schon spät. Es gibt gleich Abendbrot. Hältst du es bis dahin noch aus?"

„Grade so", sagte er, hielt sich mit der gesunden Hand seinen Bauch und grinste mich an.

„Ok. Ich muss noch ein wenig arbeiten. Ich komme aber später noch mal vorbei."

Als ich wieder in meinem Büro saß, bemerkte ich, wie sehr ich dieses Gespräch genossen hatte. Joseph war wirklich ein sehr unterhaltsamer Mensch.

Ich riss meine Gedanken von ihm los und konzentrierte mich auf die letzte Arbeit des Tages, die Kontrolle von Phoebes Bericht über ihre Tätigkeiten auf meiner Station. Dean hatte gute Ausbilderarbeit geleistet. Vielleicht war das gestern wirklich nur ein Ausrutscher gewesen. Schwungvoll setzte ich meine Unterschrift darunter und hieß den Feierabend willkommen.

Clare und Sammy warteten bereits mit dem Abendbrot auf mich. Clare erzählte mir begeistert, was Sammy und sie heute alles angestellt hatten. Sammy flachste zu Clares Worten auf seinem Stuhl herum und war ganz das unbeschwerte Kind, das er auch sein sollte. Dabei kaute er genüsslich auf seiner Pizza, die Clare mit ihm gemeinsam gebacken hatte.

Ich setzte mich nach der Küchenarbeit zu Sammy, der gerade Mandalas ausmalte, und sah ihm zu. Er schob mir seine Buntstifte zu und forderte mich so auf, mitzumachen. Ich begann zu malen und konzentrierte mich darauf, die Flächen ordentlich mit Farbe zu füllen und nicht über die Ränder zu kommen. Das war gerade bei den kleineren Flächen gar nicht so einfach.

Langsam entspannte ich mich. Durch die Konzentration auf mein Mandala hatten andere Gedanken keine Chance.

Als ich auf die Uhr schaute, war es höchste Zeit für Sammy, ins Bett zu gehen.

Er alberte im Bad noch mit mir rum und lachte herzhaft, als ich ihn durchkitzelte. Man hätte meinen können, dass Sammy ein ganz normales Kind war, bis auf die Tatsache, dass er kein Wort sprach. Er lachte, jauchzte und kicherte, doch er sagte nichts. Aber wenigstens war er glücklich.

Zum Schluss war er so erschöpft, dass ihm schon bei den ersten Worten seiner Gute-Nacht-Geschichte die Augen zufielen. Ich hörte auf zu lesen und nahm ihn noch einmal fest in den Arm. Bereits im Halbschlaf erwiderte er die Umarmung, dann war er schon im Schlummerland.

Ich hoffte, dass er diese Nacht genauso gut schlafen würde wie die letzte. Sammy hatte nicht immer Albträume, es gab auch mal Nächte, wo er durchschlief.

Da er jedoch letzte Nacht durchgeschlafen hatte, richtete ich mich darauf ein, ihn diesmal wieder trösten zu müssen. Ich schaute ihn traurig an. Das hatte dieser kleine Kerl wirklich nicht verdient. Ich gab ihm noch einen Kuss auf die Stirn und knipste sein Nachtlicht an. Dann verließ ich sein Zimmer und ließ die Tür einen Spalt offen.

Clare arbeitete wieder an ihrem Comic, als ich ins Wohnzimmer zurückkam.

„Ich bin noch mal auf Station. Bis später."

Rachel war am Empfang und schob mir die Schale mit Josephs Spritze sowie seine Krankenakte zu.

„Kann es sein, das Joseph Gefühle für dich entwickelt, so wie er dich manchmal ansieht?", fragte sie und schaute mich besorgt an.

Ich hatte immer viel um die Ohren, dass ich mir darüber noch keine Gedanken gemacht hatte, aber jetzt, wo sie es erwähnte ...

„Ja, du könntest Recht haben. Aber ich befürchte, dass es nicht das ist, wofür er es hält."

„Das wäre eine Katastrophe für ihn."

„Stimmt. Deshalb lasse ich es nicht so weit kommen."

Rachel hatte es auf den Punkt gebracht. Da war etwas in seinen Augen, wenn er mich sah, was nicht sein sollte. Natürlich fand ich ihn sympathisch und hatte Mitgefühl mit ihm und seiner Situation. Doch mehr durfte es nicht werden, sonst hatte ich ein Problem.

Nachdenklich lief ich den Flur entlang. Bevor ich sein Zimmer betrat, holte ich noch einmal tief Luft.

Joseph saß im Bett und las in seinem Buch. Er blickte auf. Als er mich sah, legte er das Buch beiseite und lächelte mich an, ein umwerfendes schiefes Lächeln, seine weißen Zähne blitzten zwischen den Lippen hervor. Er freute sich ehrlich, mich zu sehen. Das war es, was Rachel meinte!

„Na, satt geworden?", knüpfte ich an unser Gespräch von vorhin an.

„Ja, aber ich denke, dass dieses *Smørrebrød* wahrscheinlich um Längen besser geschmeckt hätte", mutmaßte er.

„Hätte es."

„Ich muss Schweden unbedingt einen Besuch abstatten. Dort scheint nicht nur das Essen interessant zu sein."

Ich sagte nichts und ignorierte diese Bemerkung. Jedoch schien er die Zweideutigkeit seiner Worte gar nicht bemerkt zu haben. Und wenn doch, dann ließ er es sich nicht anmerken.

Er holte tief Luft, verzog etwas seinen Mund, sagte aber nichts weiter.

„Hast du Schmerzen?"

„Ja, es geht langsam wieder los."

Ich hielt die Spritze hoch. „Alles schon bereit."

Er streckte mir seinen Arm hin. Wir saßen einen Moment schweigend, und er atmete erleichtert auf, als das Schmerzmittel anschlug.

So versorgt für die Nacht ließ ich ihn schlafen und verabschiedete mich von Rachel.

Als ich es mir mit einem Glas Wein auf meiner Couch gemütlich gemacht hatte, musste ich wieder an die Worte von Rachel und das Gespräch mit Joseph denken.

Ich hatte ihn vorhin etwas genauer beobachtet und musste Rachel Recht geben, seine Augen strahlten, wenn wir uns unterhielten.

Und obwohl Joseph für mich absolut tabu war, hatte er etwas in mir ausgelöst. Mich durchflutete eine nie gekannte Wärme und machte mich euphorisch. Es war, als ob ich in diesem Moment die ganze Welt in meinem Herzen tragen könnte, als ob mir niemand jemals wieder etwas Böses antun könnte, als ob mich meine Liebe wie eine Glocke umgab, die keine Waffe zerstören könnte. Es war ein überwältigendes Gefühl und schaffte Klarheit in meinem Kopf.

Es war, als ob ich einen Schritt zurückgetreten wäre und mein Leben aus der Ferne betrachtete, als ob jetzt alles einen Sinn ergab. Die Zeit mit Benni, die mir Sammy geschenkt hatte, der überwältigende Schmerz, der mich lange Zeit umhüllte, die Trauer, die ich durchlebte, dieses Hochgefühl jetzt. Ich wollte wieder frei sein, mein Leben genießen und lieben.

Ich hatte Sammy, für den ich alles gab, aber warum sollte ich meine Fürsorge und Liebe nicht noch auf eine weitere Person ausdehnen können? Vielleicht würde ich jemanden finden, wenn ich mich öffnete und diese Gefühle zuließ.

Dass ich dabei Josephs Gesicht vor mir sah, wunderte mich nicht. Er hatte mir schließlich die Augen geöffnet.

Mit diesem Gedanken im Kopf schaute ich noch einmal nach Sammy und drückte ihm noch einen Kuss auf die Stirn. Dann machte ich mich bettfertig und hoffte auf erholsamen Schlaf.

-oOo-

Ich schreckte aus dem Schlaf hoch und war im ersten Moment völlig orientierungslos. Ich hatte wieder von Benni geträumt. Aber diesmal war der Traum anders, nicht so unendlich traurig und hoffnungslos. Benni lag nicht tot vor mir, sondern er winkte mir aus der Ferne zu und lachte. Sammy stand an mein Bein geklammert neben mir und weinte leise. Von diesem Weinen war ich aufgewacht.

Dann hörte ich es wieder, dieses leise Wimmern, diesmal war es aber kein Traum – Sammy! Ich sprang

aus dem Bett und musste mich gleich wieder hinsetzen. In meinem Kopf drehte sich alles. Jedes Mal
das Gleiche! Immer wenn ich zu schnell aufstand,
wurde mir schwarz vor Augen. Aber nach ein paar
Sekunden war es vorbei. Ich erhob mich, diesmal
etwas langsamer. Noch etwas unsicher tapste ich in
Sammys Zimmer.

Er lag zusammengerollt in seinem Bett, sein kleiner Körper zuckte im Traum, und sein Gesicht war
tränennass. Also war es wieder mal Zeit für unser
Ritual.

Der Rest der Nacht verlief ruhig. Keiner von uns
beiden hatte einen weiteren Albtraum. Und als am
Morgen mein Wecker klingelte, fühlte ich mich dennoch ausgeruht. Sammy lag an mich gekuschelt und
lächelte im Schlaf. Wer weiß, was er Schönes träumte.

Ich streckte mich und trat auf die Terrasse hinaus.

Wieder so ein wolkenloser Himmel über London.
Es war völlig untypisch für Mai, dass das Wetter sich
so sommerlich präsentierte. Ich genoss die Sonnenstrahlen auf meinem Gesicht. Übernächste Woche
hatte ich Urlaub. Ich überlegte, ob ich vielleicht mit
Sammy wegfahren sollte. Es würde uns bestimmt guttun, dem Alltag zu entfliehen. Und ich konnte meine
neu entdeckte Lust am Leben genießen.

Dean begrüßte mich gut gelaunt und schob mir den Stapel an Krankenakten hinüber, die er für heute schon vorbereitet hatte. Es war eine bunte Mischung aus bestellten Patienten, Nachuntersuchungen und Entlassungen. Und dann kamen noch die Patienten dazu, die ohne Anmeldung kamen.

„Joseph hat in der Nacht seine Spritze bekommen. Ansonsten war es ruhig", informierte er mich.

„Danke, ich schaue mal nach ihm."

Mit der Spritze machte ich mich auf den Weg zu meinem Patienten. Leise öffnete ich die Tür, um ihn nicht zu wecken, aber er war nicht im Bett.

Die Tür des Badezimmers öffnete sich. Und als er vor mir stand, nahm ich seine Größe zum ersten Mal richtig wahr. Er war immerhin einen ganzen Kopf größer als ich und sah ausgeruht aus.

„Guten Morgen, Annie."

„Guten Morgen, Jo. Hast du gut geschlafen?"

„Ja, hab ich."

„Super. Dann kann ich dich ja gleich untersuchen."

„Soll ich mich ins Bett legen?"

„Nicht unbedingt, aber wenn du dich setzt, dann komme ich besser an deinen Kopf ran."

Ich schaute betont zu ihm auf, er nickte belustigt und setzte sich.

Er hatte sich in der kurzen Zeit schon erstaunlich gut erholt und wurde immer mobiler. Ich merkte das auch an seiner Art, wie er mit mir sprach. Er hatte einen wunderbaren Humor und seine ganz eigene Weise, die Welt um sich herum wahrzunehmen.

„Ich bin zufrieden. Wenn es weiter so vorwärtsgeht, dann kannst du nächste Woche schon wieder nach Hause."

Doch anstatt sich wie vorher zu freuen, sagte er gar nichts und starrte auf seine Hände. Ich brauchte eine Weile, um diese Reaktion zu verstehen. Aber dann wurde mir klar, dass er daran dachte, dass er dann wieder in die Wohnung käme, in welcher auch Donna wohnte. Es würde zu der unvermeidlichen Auseinandersetzung kommen, vor der er sich offenbar fürchtete. Ich hoffte, dass es gar nicht dazu kam, wenn Blunt Donna schon vorher aus dem Verkehr ziehen konnte.

„Ich hole dich in meiner Mittagspause ab, dann laufen wir ein Stück, ok?" Bei dieser Aussicht hellte sich sein Gesicht wieder auf, und ein kleines Lächeln bahnte sich seinen Weg.

„Gern. Da habe ich was, worauf ich mich freuen kann."

Die Tür öffnete sich und Phoebe kam mit seinem Frühstück herein. Sie stellte es ab, nickte uns freundlich zu und huschte wieder hinaus. Ich folgte ihr und ließ Joseph in Ruhe frühstücken.

Der Vormittag war im Nu vorbei, und das Wartezimmer leerte sich langsam. Nach der Entlassung
meiner anstrengenden OP-Patientin gönnte ich mir
eine kurze Pause am Empfang. Aaron verließ gerade
Josephs Zimmer und steuerte auf mich zu, als er mich
sah.

„Hey Aaron", begrüßte ich ihn, „wie läuft es mit
Joseph?"

„Gut. Er macht mit und will gesund werden."

Ich lächelte.

„Und ich habe ihm die Rippen neu getapt."

„Aaron, du bist der beste!"

Er warf mir lachend eine Kusshand zu und war
auch schon verschwunden.

In meinem Büro hatte ich noch einigen Papierkram zu
erledigen, der von heute Vormittag liegengeblieben
war, unter anderem musste ich die Rechnungen für
meine Behandlungen in dieser Woche schreiben. Es
war eine absolut nötige, aber recht zeitraubende Tätig-
keit. Meist machte ich das in der Nacht, aber heute
hatte ich dafür sogar noch ein paar Minuten übrig.

Ich musste mir dringend eine Assistentin suchen,
die sich um die Büroarbeiten kümmerte. Dann hätte
ich mehr Zeit für die Krankenberichte. Ich würde
Clare mal fragen, ob sie jemanden kannte, der an

einem neuen Job interessiert wäre. Vielleicht eine ihrer Freundinnen?

In meiner Mittagspause holte ich Joseph wie versprochen ab und verschaffte ihm etwas Bewegung im Park. Er wirkte aufgeräumt und erzählte mir, wie gut ihm die Physiotherapie tat.

„Das war der Plan", gab ich verschmitzt zurück.

Einige Stunden und etliche Rechnungen später hatte ich es geschafft und suchte Dean auf. Dieser kam grade mit der Spritzenschale aus Josephs Zimmer. Kurz darauf sah ich Josephs Eltern aus seinem Zimmer kommen.

Seine Mutter stoppte kurz bei mir und meinte entschuldigend: „Wir waren heute etwas zu lange da, fürchte ich."

„Aber nein, ich denke, dass Ihr Besuch Joseph gutgetan hat. Und alles, was ihm guttut, fördert seine Heilung."

Als ich kurz bei Joseph vorbeischaute, wirkte er geschafft. Seine Mutter hatte offenbar die Blumen gegen frische ausgetauscht – ein Farbklecks in seinem Zimmer, der gute Laune spendete.

Ich trat an sein Bett und untersuchte ihn kurz, es gab keine negativen Überraschungen.

„Ruh dich ein bisschen aus, auch netter Besuch macht in deinem Zustand müde."

Dann verließ ich ihn, damit er sich erholen und ich noch ein paar Rechnungen schreiben konnte.

Donna Caban

Plötzlich wurde die Tür zu meinem Büro aufgerissen. Dean stürmte herein.

„Sie ist da, Annie! Donna ist da!"

„Ok, ruf bitte gleich Inspector Blunt an!"

„Ja", rief er atemlos und war schon wieder verschwunden.

Ich schaltete die Monitore und das Band an, so wie es mir die beiden Polizisten gezeigt hatten. Die Bildschirme erwachten zum Leben und zeigten Joseph, der in seinem Bett saß und gerade Donna begrüßte. Ich sah ihm an, dass er sich nicht sonderlich über ihren

Besuch freute, aber sie schien es nicht zu bemerken. Der Lautsprecher knackte und gab die ersten Geräusche wieder.

Donna erzählte, wie sehr sie ihn vermisst hatte, und überhaupt sprach sie nur von sich. Ganz beiläufig erkundigte sie sich nach seinem Befinden. Er tat es mit einem Achselzucken ab, wollte nicht darüber reden.

Daraufhin plapperte Donna über den neuesten Klatsch und Tratsch, bis Joseph sie unterbrach.

„Sie haben übrigens den Kerl verhaftet, der mich zusammengeschlagen hat." Er zögerte kurz, dann sprach er weiter.„Die Polizei kannte ihn schon."

„Und, hat er schon ausgepackt, in wessen Auftrag er gearbeitet hat?", fragte Donna scheinbar beiläufig.

„Ich … habe dir nicht erzählt, dass er von jemandem beauftragt wurde … woher weißt du das?"

Donna schwieg betreten.

„Aber ja", fuhr Joseph fort, „er hat geplaudert."

Schweigen.

„Du hast ihn beauftragt!", sagte Joseph.

„Dieses miese Schwein!", knurrte Donna durch zusammengebissene Zähne.

Wieder eine Pause.

„Warum hast du das getan?"

„Warum? … Warum! Wie naiv du doch bist!" Donna lachte hysterisch. „Du wolltest unsere Beziehung beenden, erinnerst du dich noch? Das konnte ich nicht zulassen. Ich musste sie retten."

„Indem du mich verprügeln lässt?", ätzte Joseph.

„Nun, das war vielleicht nicht der richtige Weg, das muss ich zugeben."

„Nein, absolut nicht."

Donna änderte plötzlich ihre Taktik und redete mit honigsüßer Stimme auf ihn ein.

„Schatz, es tut mir so unendlich leid. Können wir nicht noch einmal von vorn beginnen und alles andere vergessen? Ich möchte dich nicht verlieren. Ich heirate dich auch, wenn es dir so viel bedeutet. Du gehörst doch zu mir …"

„Nein, ich gehöre nicht zu dir, nicht damals, nicht jetzt und in Zukunft auch nicht. Du hast mich nie geliebt, es waren immer nur mein Geld und mein Ruhm, die dich zu mir gezogen haben, wie die Motte ins Licht."

„Joseph", hauchte sie mit tränenerstickter Stimme.

„Donna, bitte! Lass das Theater. Kommst du dir nicht lächerlich vor, mir hier so eine Komödie vorzuspielen?" Joseph klang verärgert und genervt.

„Du … Du hast ja keine Ahnung, wie es ist, sich von ganz unten hochkämpfen zu müssen! Du hast ja alles hinten reingesteckt bekommen! Du musstest dich nicht anbiedern, um Erfolg zu haben!"

Donna schrie. Sie war völlig außer Kontrolle.

„Das war unsere Beziehung dann also?" Josephs Stimme war mühsam beherrscht. „Du hast dich mir angebiedert?"

„Ja. Ich wollte auch ein Stück vom Kuchen abhaben!"

„Und du dachtest, dass das am besten geht, wenn mich jemand verprügelt? Sag mal Donna, merkst du eigentlich, wie krank das ist? Wann hat sowas jemals funktioniert? Und überhaupt, wie viel hast du dem Kerl bezahlt, damit er mich zusammenschlägt, hm?"

„Das geht dich gar nichts an!", fauchte sie.

„Ich denke schon, das zeigt mir nämlich, wie viel ich dir wert gewesen wäre!"

„Ha! Es war auf jeden Fall zu viel! Trotzdem war Dennis jeden Penny wert, den ich ihm gezahlt habe! Und überhaupt, es geht dich einen feuchten Dreck an, was ich mit meinen Geld mache!", schleuderte sie ihm entgegen. Wie eine wütende Furie stand sie vor ihm.

„Wach endlich auf, Joseph! So etwas wie Romantik gibt es nicht, das Leben ist nicht fair, sondern knallhartes Business!" Sie machte eine Pause, um den folgenden Worten noch mehr Nachdruck zu verleihen.

„Joseph Silver, du bist wirklich ein hoffnungsloser Fall! Ich bin fertig mit dir!"

Dann drehte sie sich um und verließ hoch erhobenen Hauptes sein Zimmer.

Blunt war schon wenige Minuten, nachdem ich das Band gestartet hatte, bei mir. Wir hatten mit gemischten Gefühlen die Auseinandersetzung verfolgt und wussten beide, dass Joseph an seine Grenzen gegangen war. Ich fühlte mich elend, als ich ihn im Bild des Monitors jetzt so erschöpft auf seinem Bett sitzen sah.

Blunt nickte den beiden Polizisten zu, die schnurstracks den Raum verließen, um Donna festzunehmen. Dann wandte er sich mir zu und wirkte erleichtert.

„Er hat uns den fehlenden Beweis geliefert. Und obwohl er nichts von der Überwachung gewusst hat, hat er trotzdem genau das erreicht, was wir brauchten."

Erleichterung schwang in seiner Stimme mit.

„Damit können wir Donna wegen Anstiftung zu schwerer Körperverletzung anklagen. Sie wird ihm nichts mehr antun können. Das sollten Sie ihm auf jeden Fall sagen."

Stumm nickte ich.

„Ich muss jetzt los, aber ich melde mich wieder bei Ihnen. Ich werde auch noch mal mit Joseph sprechen müssen …"

Er verabschiedete sich und verließ mein Büro.

Joseph saß regungslos da, es war nicht zu erkennen, wie er sich fühlte. Aber ich wusste, dass seine

Gesundheit in meiner Verantwortung lag. Und dieser musste ich nachkommen. Nachdem ich die Geräte ausgeschaltet hatte, verließ ich das Büro und trat leise an sein Bett.

Als er mich hörte, schaute er auf. Mir lief ein Schauer über den Rücken. Seine Augen blitzten so kalt und wütend, so hatte ich ihn noch nie erlebt. Es machte mir fast Angst, ihn anzusprechen. Und doch musste ich wissen, wie er sich fühlte. Aber er kam mir zuvor.

„Es ist vorbei … in jeder Hinsicht. Jetzt bin ich frei."

Seine Schultern sackten nach unten, und er wirkte plötzlich erschöpft. Mühsam schob er sich auf das Bett und ließ sich in die Kissen sinken.

„Möchtest du reden?"

Er zögerte, nickte aber schließlich. Also zog ich mir den Stuhl an sein Bett und wartete schweigend.

Dann begann er leise zu sprechen: „Weißt du, es hat weh getan, sie so reden zu hören … als hätte ihr unsere Beziehung nie etwas bedeutet … sie benimmt sich so widersprüchlich, sagt das eine und tut das andere. Wie soll ich das verstehen?"

Ich wartete. Er sollte reden. Das war es, was er jetzt brauchte.

„Ich … ich wollte mich von ihr trennen, weil ich in der letzten Zeit das Gefühl hatte, dass wir uns auseinandergelebt hatten. Sie war oft zu irgendwelchen Veranstaltungen weg. Ich hatte meine Band und die Auftritte, es passte einfach nicht mehr richtig. Und wenn wir dann mal zusammen waren, dann waren unsere Gespräche oberflächlich. Wir hatten keine gemeinsamen Erlebnisse, über die wir uns unterhalten konnten. Sie wollte eigentlich nur noch Sex … aber das macht doch keine Beziehung aus." Jetzt schüttelte er den Kopf. „Doch dass sie zu solchen Mitteln greift, hätte ich nie gedacht …"

Er richtete sich auf und sah mich eindringlich an.

„Kannst du sie bitte von mir fernhalten, zumindest solange ich hier bin?"

„Sie wird nicht wiederkommen."

„Nicht?"

„Nein. Sie wurde verhaftet, als sie dein Zimmer verließ."

„Aber wieso?" Er war völlig verdattert.

Ich erzählte ihm von meiner Zusammenarbeit mit Blunt.

„Wir haben das gesamte Gespräch auf Band. Es wird vor Gericht gegen sie verwendet werden, das sie wegen Anstiftung zu schwerer Körperverletzung anklagen wird."

Die Erleichterung stand ihm ins Gesicht geschrieben.

„Sie wird dir nicht mehr wehtun."

„Danke. Ich bin froh, dass es vorbei ist."

„Das glaube ich dir gern."

Nachdem ich mich vergewissert hatte, dass er sich besser fühlte und kein Zusammenbruch zu befürchten war, ließ ich ihn allein. In meinem Büro fiel ich mich in den Bürosessel und schloss die Augen.

Mannomann! Das war ein Auftritt von Donna, echt bühnenreif! Aber ich musste zugeben, dass Joseph das richtig gut gemeistert hatte, und konnte nur hoffen, dass er schnell über sie hinwegkommen würde.

Als ich die letzte Rechnung geschrieben hatte, klappte ich meinen Laptop zu und lief zum Empfang, wo Dean Rachel bereits über alle Vorkommnisse informiert hatte.

Ich gesellte mich zu den beiden und erzählte Rachel von Donnas Auftritt. Sie war entsetzt, dass die Situation so eskaliert war und froh, dass das nun ein Ende hatte. Plötzlich weiteten sich ihre Augen erstaunt, und ich drehte mich um. Joseph kam an seiner Krücke den Gang entlang und steuerte auf uns.

„Joseph!"

„Ich musste mich mal bewegen."

Er stellte die Gehhilfe ab und legte seine Hände auf den Tresen.

„Kann ich etwas Papier und einen Stift bekommen?"

„Aber natürlich"

Rachel reichte ihm einen Block und Stifte.

„Ja, das ist genau richtig." Er bedankte sich und machte sich wieder auf den Weg in sein Zimmer.

Ich sah Rachel ratlos an, aber sie zuckte die Schultern und meinte: „Er wird seine Gründe haben."

Als ich etwas später noch mal auf meine Station kam, war es sehr ruhig. Ich hatte die Zeit unter anderem genutzt, um Sammy ins Bett zu bringen und mit Clare zu sprechen. Ich war neugierig, ob sie die Musik von Josephs Band Midnight Sun kannte.

„Klar. Ich mag die Musik von denen. Sie ist melancholisch und im Balladen-Stil gehalten. Aber vor allem sind die Texte gut, sehr intensiv und tiefgründig. Und erst der Sänger, Joseph Silver, der ist total süß. Den würde ich nicht von der Bettkante stoßen – wenn ich auf Männer stehen würde …" Sie kicherte, dann wurde ihr Blick traurig.

„Aber ich habe gehört, dass er in eine Schlägerei verwickelt wurde. Aber offenbar weiß niemand was Genaueres."

„Kannst du dich erinnern, als ich vor ein paar Tagen die Polizei bei mir in der Praxis hatte?"

„Ja, die Schlägerei ... oh!"

„Genau."

„War das ...?" Sie schlug sich die Hand vor den Mund, als ich nickte.

„Oh mein Gott!" Der Schreck stand ihr ins Gesicht geschrieben. „Das gibt's doch nicht! Und er liegt jetzt eine Etage unter uns?"

Ich nickte.

„Mach ihn bloß wieder richtig gesund, die Welt braucht ihn noch!", sagte sie ernst. „Der arme Kerl, der tut doch keiner Fliege was zuleide! Aber seine Verlobte, Donna soundso, das ist eine Mistbiene ..."

Sie redete sich richtig in Rage, so hatte ich sie noch gar nicht erlebt.

„Hast du zufällig eine CD von ihm da?", unterbrach ich ihre Schimpftirade.

„Klar, die letzte CD ist besonders gut. Willst du mal reinhören? Die geht richtig in die Seele. Ich weiß nicht, wie er es macht, aber seine Musik berührt einen einfach."

Nach diesen Worten hatte ich eine vage Ahnung, was Joseph mit dem Schreibzeug vorhatte. Umso neugieriger war ich nun, mir einen Eindruck von seinen Werken zu verschaffen und stimmte ihrem Vorschlag zu.

Schon das Cover der CD wirkte auf mich bedeutungsvoll. Auf der Nahaufnahme von Joseph in Schwarz-Weiß schaute er fast wehmütig in die Ferne. Sein Gesicht war perfekt getroffen. Klare Augen mit langen dunklen Wimpern, die gerade Nase, die leicht geschwungenen Lippen, seine hohen Wangenknochen, der markante Kiefer und das kantige Kinn – einfach perfekt gemeißelte Gesichtszüge.

Die CD trug den Namen „CROSSROAD". Wie passend, denn genau da stand er nun, am Scheideweg.

Seine Stimme war rauchig und hatte ein angenehmes Timbre. Die Melodien waren teils schwermütig, teils fröhlich und hoffnungsvoll, aber immer sehr harmonisch. Die Instrumente unterstützten nur seine Stimme, ohne zu dominieren. In jedem Lied gab es ein Instrumenten-Solo mit Piano, Saxophon oder Violine, das von Joseph selbst gespielt wurde. Das hatte mir Clare vorhin erzählt.

Fasziniert lauschte ich den Songs und war tief beeindruckt. Jedes Stück war außergewöhnlich und hatte etwas Beruhigendes, fast Sinnliches an sich. Kein Wunder, dass die Mädels hin und weg waren, wenn Joseph auf der Bühne stand und diese Balladen zelebrierte.

Mit diesem Wissen wollte ich ihn noch einmal besuchen, auch um sicher zusein, dass er weiterhin in Ordnung war.

Annika Lundgren

Ozeane an Möglichkeiten

Leise betrat ich sein Zimmer und fand ihn auf dem Stuhl sitzend vor.

„Hey, wie geht es dir?"

Sein Blick wirkte etwas verhangen, aber als ich ihn ansprach, fokussierte er sich und lächelte.

„Gut, besser als ich gehofft hatte. Als wäre eine große Last von mir abgefallen."

„Also kein Loch, in das du fällst?"

„Oh nein, eher in einen Ozean an Möglichkeiten."

Ich hob eine Augenbraue und sah ihn fragend an. Er deutete auf den Stuhl ihm gegenüber.

„Setz dich, ich erzähle es dir."

Gespannt und neugierig ließ ich mich ihm gegenüber nieder.

„Ich habe damals nicht umsonst damit angefangen,
Songs zu schreiben. Ich habe über diesen Weg schon
immer ausdrücken können, was ich fühlte. Nur wer
mich kennt, weiß, dass in all meinen Songs ein großes
Stück meiner Seele und meines Lebens steckt. Und
dabei ist es ganz egal, welcher Natur meine Gefühle
sind. Glück, Trauer, Wut, Enttäuschung … es steckt
alles darin, verborgen in den Texten und den passenden Melodien." Er machte eine kurze Pause.
„Dafür habe ich mir vorhin das Schreibzeug geholt.
Wenn meine Gefühle einmal in einen Song gegossen
sind, kann ich sie loslassen, die schlechten zumindest.
Die guten bleiben in meinem Herzen und erfreuen
mich."

Nach einer kurzen Pause fügte er noch hinzu: „Und
das ist auch ein Grund, weshalb auf Konzerten das-
selbe Lied niemals gleich klingt. Ich greife dabei jedes
Mal auf meine Erinnerungen zurück, die mal inten-
siver und mal weniger intensiv sind."

Er holte tief Luft und wirkte erleichtert. Immerhin
hatte er mir gerade seine Seele offengelegt und mich
tief in sein Innerstes blicken lassen.

„Du bist ein außergewöhnlicher Mensch, Joseph.
Jeder andere hätte die Keule geschwungen und ein

Gericht bemüht. Du nicht, du schreibst einen Song darüber. Das ist …" Ich suchte nach dem richtigen Wort. „… bewundernswert."

„Ich bin mir nur nicht sicher, ob in diesem Fall ein Song allein ausreichen wird. Möglicherweise braucht es mehrere, bis ich alles verarbeitet habe", sagte er nachdenklich.

„Ich bin mir sicher, dass du das schaffst, und wenn es eine ganze CD wird." Ich lächelte ihn aufmunternd an.

Er nickte. Dann griff er zum Block und schlug ihn auf. Das nahm ich zum Anlass, mich zurückzuziehen, um ihn in Ruhe schreiben zu lassen.

Als ich mit einem Glas Wein auf der Couch saß, dachte ich noch einmal über das Gespräch mit Joseph nach, während die CD im Hintergrund leise lief. Ich war froh, dass er für sich Mittel und Wege hatte, damit fertig zu werden. Auf das Ergebnis war ich sehr gespannt.

Wahrscheinlich war er einer der wenigen Menschen, die in der Lage waren, einen solchen Schock in positive Energie umzuwandeln. Und wenn dann noch so etwas Schönes, wie seine Musik dabei rauskam, dann war das wirklich ein Wunder. Wenn nur alle Menschen so wären, es würde auf dieser Welt kein

Leid, aber viel mehr gute Musik geben. Bei diesem Gedanken musste ich schmunzeln.

Als ich später im Bett lag, zauberte mir dieser Gedanke immer noch ein Lächeln ins Gesicht.

-oOo-

Ich stand allein am Ende des Korridors. Eine Neonröhre flackerte an der Decke. Die Türen, die sich links und rechts befanden, waren alle geschlossen. Ich spürte in mir den Zwang, sie zu öffnen und zu schauen, was dahinter war. Ich drückte die Klinke der ersten Tür herunter – verschlossen. Das Gleiche bei der zweiten, dritten, vierten Tür. Ich wurde immer hektischer. Warum waren sie nur alle abgeschlossen? Ich rannte von einer Tür zur nächsten und merkte, wie sich Verzweiflung in mir ausbreitete, wie meine Tränen mich blind machten.

Dann stand ich plötzlich vor der letzten Tür. Sie befand sich frontal am Ende des Korridors. Unter ihr fiel ein schmaler Streifen Licht auf den Fußboden. Vorsichtig griff ich nach der Klinke. Aus irgendeinem Grund hatte ich Angst, sie zu öffnen. Als ich es dann doch tat, schwang sie weit auf und gab den Blick in einen OP-Saal frei. Fünf Ärzte standen in dunkelblauer OP-Kleidung um den Tisch herum. Ich hörte das gleichmäßige Zischen eines Beatmungsgerätes und wurde von dem grellen Licht der Lampen geblendet.

Ich trat näher, um die Szenerie genauer betrachten zu können. Die Ärzte machten mir Platz, als sei ich eine von ihnen, als ich merkte, dass auch ich in blauer OP-Kleidung steckte. Ich trat an das Kopfende des Tisches und sah das Gesicht meines geliebten Mannes Benni – blutüberströmt, zerstört, blass, tot. Aber die Ärzte operierten weiter, keiner machte sich die Mühe, die Lebenszeichen zu prüfen, obwohl alle Monitore durchgehend piepten. Hörten sie es denn nicht? Ich musste es ihnen sagen. Sie sollten aufhören, er war tot! Tot! TOT!

„Hört auf! Hört sofort auf!" Ich schrie sie an, aber keiner hörte auf mich. Ich drehte mich um und – fiel aus dem Bett. Mein eigener Schrei hallte mir noch in den Ohren, als ich mich mühsam aufrappelte und versuchte, wieder zu Atem zu kommen. Ich blieb auf dem Fußboden sitzen, mit dem Rücken an mein Bett. Mir klebten die Haare im Gesicht und mein T-Shirt am Körper. Ich war schweißgebadet und zitterte am ganzen Leib. Vergeblich versuchte ich, mich zu beruhigen, und legte meinen Kopf in die Arme.

Ich weiß nicht, wie lange ich so gesessen hatte, als plötzlich ein gellender Schrei die Stille zerriss. Mir gefror das Blut in den Adern – Sammy!

Ich sprang auf, ignorierte die Schwärze vor meinen Augen und taumelte zur Tür. Dort musste ich mich allerdings erst mal festhalten, um nicht zu stürzen. Als der Schwindel nachließ, stürzte ich in den Flur und stieß prompt mit Clare zusammen. Sie hatte den Schrei ebenfalls gehört. Wir schauten uns erschrocken an, dann riss ich Sammys Tür auf und war mit wenigen Schritten bei ihm, dicht gefolgt von Clare.

Er warf sich unruhig hin und her und weinte herzzerreißend. Ich versuchte, ihn zu wecken, aber er wehrte sich und wachte nicht auf. Erst als ich mehrmals seinen Namen rief, öffnete er die Augen und sah sich irritiert um. Schließlich fand sein Blick meinen, ein heftiger Schluchzer entrang sich seiner Brust, und er streckte seine Arme nach mir aus. Ich nahm ihn hoch, hielt ihn fest umschlungen und flüsterte ihm auf Schwedisch beruhigende Worte ins Ohr. Wir rieben unsere Nasen aneinander und umarmten uns.

Mit wiegenden Bewegungen folgte ich Clare in die Stube, kurze Zeit später saßen wir zu dritt auf der Couch und hatten jeder eine heiße Milch in der Hand.

Nach diesem Schreck hatte ich Angst, wieder einzuschlafen, doch das kümmerte den Schlaf nicht, der mich schließlich übermannte.

Als mein Wecker klingelte, mochte ich nicht aufstehen. Ich fühlte mich erschlagen und steif. Als ich mich auf die Seite rollte, durchzuckte mich ein Schmerz. Aua! Was war das? Ich griff an meine Hüfte, in dem Moment fiel es mir wieder ein. Ich war ja letzte Nacht unsanft auf dem Fußboden gelandet.

Nachdem ich mich ausgiebig geduscht hatte und meine Haare nicht mehr aussahen, als hätte ein Huhn darin genistet, konnte der Tag starten.

Rachel erwartete mich bereits. Sie sah mich an und zog eine Augenbraue hoch, doch ich kam ihr zuvor.

„Sag nichts, ich sehe furchtbar aus!"

„Ja, das tust du. Albtraum?"

Ich nickte, sie strich mir seufzend über den Arm.

„Ist Dean noch nicht da?", lenkte ich ab.

„Er kommt ein paar Minuten später … er hat verschlafen …" Rachel grinste.

„Ich besuche mal unseren Patienten."

„Tu das. Er ist schon wach."

Joseph saß im Bett und las in seinem dicken Buch. Als ich eintrat, schaute er mich an, runzelte die Stirn, sagte aber nichts. Zweifellos hatte auch er meine Augenringe bemerkt und machte sich nun seine Gedanken.

Aber ich äußerte mich nicht dazu, sondern konzentrierte mich darauf, ihn zu untersuchen. Es überraschte mich nicht, dass alles so war, wie es sein sollte. Auch sein Gemütszustand hatte sich nicht geändert, wie mir seine Reaktionen zeigten.

Unvermittelt fragte er: „Gehen wir heute in den Park?"

„Wenn es meine Termine erlauben, gerne. Ich gebe dir rechtzeitig Bescheid."

Es klopfte, und die Tür öffnete sich. Phoebe kam mit dem Frühstückstablett herein. Wie gestern auch stellte sie es ohne viel Aufhebens ab und verschwand wieder. Sie schien sich meine Warnung wirklich zu Herzen zu nehmen.

Am Empfang traf ich auf Dean, der gerade angekommen war. Er strahlte mich an.

„Hi Dean. Na, wie war der Ultraschall-Termin?"

„Super. Unser Sonnenschein wächst und gedeiht. Es ist alles in Ordnung, kein Grund zur Sorge."

„Wie schön. Das freut mich sehr für Euch." Ich lächelte ihn an.

„Wie geht's Joseph?", wollte er wissen.

„Gut. Er steckt die ganze Sache mit Donna erstaunlich gut weg und macht für sich das Beste daraus."

Ich erzählte ihm von seiner Arbeit an neuen Liedern, um das alles zu bewältigen. Dean pfiff bewundernd durch die Zähne.

Dann reichte er mir einen Zettel mit einer Notiz. „Inspector Blunt hat gerade angerufen und lässt fragen, wie es Joseph geht und ob er in einer Stunde vorbeikommen kann. Er würde mit ihm gern das Band auswerten."

„Ich kümmere mich drum", versprach ich und machte mich auf den Weg zu Joseph.

Er war gerade mit dem Frühstück fertig, als ich zu ihm trat und ihn fragte, ob Inspector Blunt ihn besuchen könne.

„Ja, er soll kommen. Es ist ok für mich."

„Gut, dann gebe ich ihm Bescheid."

Nachdem der Anruf erledigt war, kümmerte ich mich um meine Patienten im Wartezimmer.

Zwischendurch kam Blunt und sprach mit Joseph, der sich diesmal so gut fühlte, dass meine Anwesenheit nicht erforderlich war.

Heute war erstaunlich viel los und ich hatte alle Hände voll zu tun. Dean war ständig auf dem Sprung und spannte auch Phoebe mit ein. Bei einer Mini-Operation durfte sie mir sogar assistieren und übernahm zum Schluss das Verbinden der Operationswunde unter meiner Anleitung.

Endlich waren alle Patienten behandelt und das Wartezimmer leer.

Jetzt waren noch meine beiden Neuzugänge zu versorgen. Am Empfang war Phoebe in eine Diskussion mit Dean vertieft, freute sich aber, als ich sie zu einer weiteren Lehrstunde mitnahm. Sie sollte bei den beiden frisch operierten Patienten die Wunden versorgen. Nachdem sie mir erläutert hatte, wie sie verfahren würde, ließ ich sie arbeiten. Ich war sehr zufrieden mit ihrer Leistung, lobte sie und übergab sie wieder Dean zur weiteren Ausbildung.

In meiner Mittagspause holte ich wie versprochen Joseph ab, um mit ihm durch den Park zu spazieren.

Er lief an der Krücke noch langsam und vorsichtig, aber bald hatte er seinen Rhythmus gefunden.

„Wie war das Gespräch mit Blunt?", brach ich die Stille.

„Gut. Es gibt zwar keine neuen Erkenntnisse, aber er hat mir alles noch mal von Anfang an erzählt, so dass ich auch weiß, was passiert ist, als ich schon weggetreten war. Dann sind wir nochmal das Band durchgegangen. Er wollte noch ein paar Details wissen, aber das war's dann schon."

„Wie hast du dich währenddessen gefühlt?"

„Ich hatte mich unter Kontrolle, obwohl es mich wieder ziemlich wütend gemacht hat."

„Und wie geht es dir jetzt?"

„Besser."

„Das freut mich. Wirst du heute weiterschreiben?"

„Ja, auf jeden Fall."

Langsam drehten wir eine große Runde durch den Park. Hier und da blieb Joseph stehen und gönnte sich eine Atempause, bevor er weiterlief. Als wir am gegenüberliegenden Ende des Parks angekommen waren, blieb er stehen und schaute durch den Zaun zu dem benachbarten Spielplatz.

„Der gehört zu dem Kindergarten auf der anderen Seite. Aber die Anwohner können ihn auch nutzen", erklärte ich ihm. Ich entdeckte in der hinteren Ecke Clare mit Sammy. Sie spielten im Sandkasten. Gott sei Dank waren beide so in ihr Spiel vertieft, dass sie mich nicht bemerkten. Ich stellte mich so hinter Joseph, dass sie mich nicht sehen konnten. Joseph hatte nichts gemerkt, er war in Gedanken.

Plötzlich sagte er: „Weißt du, dass Donna und ich auch über Kinder nachgedacht haben?"

„Nein."

„Ich liebe Kinder und wollte immer viele haben, aber Donna höchstens eins. Und dann sollte sich ein Kindermädchen darum kümmern, damit sie auf nichts verzichten muss." Er schaute mich an, sein Blick war angewidert.

„Würdest du ein Kindermädchen einstellen, um deine Kinder erziehen zu lassen?", fragte er mich.

Aah, das war tricky! Was sollte ich darauf antworten? Ich hatte ja auch ein Kindermädchen. Aber

Clare übernahm immer nur dann, wenn ich arbeiten war, ansonsten kümmerte ich mich selber um Sammy.

„Na ja, in manchen Situationen ist ein Kindermädchen sicherlich nicht schlecht." Ich zögerte kurz und überlegte. „Wenn die Mutter zum Beispiel alleinerziehend ist und arbeiten geht."

„Das stimmt, aber Donna wäre nicht in einer solchen Situation gewesen. Sie wollte nur ungestört ihr Leben genießen und die Verantwortung abgeben. Doch dann muss man auch keine Kinder haben – oder?"

„Ja, das sehe ich auch so. Das haben die Kinder nicht verdient. Sie sollten von ihren Eltern geliebt und erzogen werden und nicht nur von einem Kindermädchen."

Joseph warf noch einen letzten sehnsuchtsvollen Blick auf den Spielplatz, dann drehte er sich um und lief weiter.

An einem Rosenbusch blieb er stehen und sog den Duft der Blüten ein. Eine Biene summte von Blüte zu Blüte und verschwand jedes Mal völlig darin, um Sekunden später über und über mit Pollen bedeckt wieder hervorzukommen. Joseph lächelte, als er das Schauspiel beobachtete.

Er schüttelte den Kopf und grinste mich an. „Und das mitten in London!"

Langsam kehrten wir zurück. Ein paar Minuten später ließ er sich erschöpft in seinen Stuhl sinken.

„Das hat mir richtig gutgetan. Jetzt ist der Kopf wieder frei und ich kann weiterarbeiten."

„Dann lasse ich dich jetzt in Ruhe. Ich schaue nachher noch mal nach dir."

Mein Telefon klingelte und die Notaufnahme bat mich, dem Unfallchirurgen bei einer Not-OP nach einem schweren Verkehrsunfall zu assistieren.

Ich sprang auf, eilte zum Empfang, informierte Dean und stürmte weiter zum Ausgang.

Nach mehreren Stunden kehrte ich auf meine Station zurück und sah, wie Dean gerade das Abendbrot wegräumte. Ich erschrak – war es schon so spät? Tatsächlich hatte die Operation vier Stunden gedauert, es war bereits kurz nach sechs Uhr.

Bevor ich mich für heute nach oben zurückzog, schaute ich noch einmal bei Joseph vorbei.

Er saß am Tisch, schrieb wie ein Wilder und hob bei meinem Eintreten einen Finger.

„Moment noch, ich hab's gleich."

Ich setzte mich ihm gegenüber auf den Stuhl und wartete. Als er fertig war, legte er den Stift beiseite und sah mich zufrieden an.

„Du bist also vorangekommen?", fragte ich.

„Ja. Ich hätte nicht gedacht, dass ich so viele Themen zusammenbringe."

„Und wie fühlst du dich dabei?"

„Enthusiastisch, so einen Schreibflow hatte ich lange nicht mehr."

„Super, dann will ich dich auch nicht länger aufhalten. Aber übertreibe es bitte nicht – ok?"

Er versprach es und war schon wieder in seine Arbeit vertieft.

-oOo-

Ein ohrenbetäubendes Krachen ließ mich aus dem Schlaf hochfahren. Zu Tode erschreckt saß ich in meinem Bett und schaute mich um. Ein furchtbarer Platzregen prasselte gegen die Scheiben der Schlafzimmerfenster und verursachte mir eine Gänsehaut. Im nächsten Augenblick zuckte ein greller Blitz über den Nachthimmel, gefolgt von einem weiteren ohrenbetäubenden Donnerschlag. Ich saß völlig erstarrt in meinem Bett und versuchte, mich von meinem Schreck zu erholen. Es war nur ein Gewitter! Nach den warmen Tagen kein Wunder, aber es erschreckte mich mit seiner Wucht.

Plötzlich öffnete sich langsam meine Zimmertür und ich fühlte mich wie in einem schlechten Krimi, wenn der Mörder bei Gewitter in das Schlafzimmer seines Opfers schleicht. Ich hielt für einen Moment den Atem an bis ich Sammy erkannte, der mit seiner Schmusemaus im Arm zu mir rannte. In Windeseile kletterte er in mein Bett, zog sich die Decke über den Kopf und kuschelte sich an mich.

Er hatte Angst vor Lärm als Folge von dem Autounfall, den er miterleben musste. Blitz und Donner waren jedes Mal eine Qual für ihn.

Mit dem Nachlassen des Gewitters beruhigte sich auch Sammy langsam. Nachdem der Donner zu einem fernen Grollen verklungen war, merkte ich an seinen regelmäßigen Atemzügen, dass er wieder eingeschlafen war.

Als mein Wecker klingelte, war es nicht so strahlend hell wie die letzten Tage. Der Himmel war wolkenverhangen, und ein leichter Nieselregen hatte das Gewitter abgelöst.

Nachdem ich den Tag mit Dean besprochen hatte, behandelte ich die ersten Patienten aus dem Wartezimmer. In einer kurzen Pause besuchte ich Joseph, um ihn zu untersuchen.

„Wie hast du bei diesem Gewitter geschlafen?"

„Das habe ich gar nicht mitbekommen ..."

„Ich bin davon aufgewacht, es war ganz schön heftig und vor allem laut." Ich verdrehte die Augen.

„Da können wir heute gar nicht in den Park", meinte er bedauernd.

„Vielleicht hört es ja noch auf zu regnen."

Während einer kurzen Pause gesellte ich mich zu Dean an den Tresen. Er strahlte mich an und schob mir einen Teller mit einem mit Marmelade bestrichenen Stück Kuchen zu.

„Hier für dich, den hat Dana gebacken."

„Was ist das?", fragte ich neugierig.

„Das sind englische Crumpets, ein Hefeteigkuchen. Die machen süchtig."

„Hmm … das ist wirklich lecker", sagte ich nach dem ersten Bissen.

„Da wird sich Dana freuen."

Ich verspeiste genüsslich meinen Kuchen und leckte mir danach die Finger ab.

„Danke Dean."

Am späten Vormittag rief mich die Notaufnahme an. Sie brauchten dringend einen weiteren Arzt, der assistieren konnte. Eine Stunde später war ich wieder auf meiner Station und wollte gerade meinen nächsten Patienten aufrufen, als mir Joseph auf dem Gang langsam entgegenkam.

„Na, auf Wanderschaft gewesen?", fragte ich ihn.

„Ja, ich hab mir mal den Aufenthaltsraum angesehen und war zwei Schritte auf der Terrasse unterwegs.
Es hat sich ganz schön abgekühlt."

„Du hast ja auch nur ein dünnes Shirt an."

Wir liefen in Richtung meines Sprechzimmers.

„Hast du noch eine Jacke dabei, wenn wir nachher
raus wollen?", fragte ich ihn.

„Ja, hab ich."

„Sehr gut. Ich habe jetzt noch zwei Patienten. Ich
denke, dass ich in einer Stunde soweit bin."

Hinter uns klapperte schon das Geschirr.

„Ah, das Mittagessen kommt."

„Dann lass es dir gut schmecken, bis dann."

Nachdem ich die letzten Patienten behandelt hatte und
das Wartezimmer leer war, holte ich Joseph ab.

Diesmal führte ich ihn in die Mitte des Parks, wo
ein wunderschöner kleiner Springbrunnen seine Fon-
täne in ein höher gelegenes Becken sprühte, von wo
aus es dann in kleinen Kaskaden als Wasserfall wieder
herunterfloss. Das Geräusch des Wassers war wunderbar beruhigend. Es wurde durch das Zwitschern der
Vögel und Summen der Bienen untermalt. Wir
umrundeten Brunnen, und er entdeckte einen kleinen
Regenbogen im Sprühnebel der Fontaine.

Nach dieser sehr erholsamen Pause schaute ich
nach meinen Patienten, wo soweit alles in Ordnung

war. Dann widmete ich mich noch der unvermeidlichen Büroarbeit und schaltete pünktlich um drei Uhr meinen Laptop aus.

Der Freitag-Nachmittag gehörte immer Sammy und mir. Ich würde am Abend noch mal bei allen Patienten vorbeischauen. Im Notfall konnten Dean und Rachel mich immer erreichen.

Als ich mich gerade von Dean für das Wochenende verabschieden wollte, sah ich, wie Josephs Eltern sein Zimmer verließen und direkt auf mich zusteuerten.

„Dr. Jonasson, haben Sie einen kurzen Augenblick?" Josephs Mutter wartete nicht auf meine Antwort, sondern sprach gleich weiter. „Unser Sohn hat uns alles erzählt. Ich wollte mich bei Ihnen bedanken, dass sie diese Hexe aus dem Verkehr gezogen haben."

Ich wusste nicht, was ich darauf erwidern sollte, also lächelte ich sie nur unverbindlich an.

Ihr Mann räusperte sich. „Komm Liebes, lass uns gehen."

Verwundert schaute ich ihnen hinterher.

Sammy wartete schon auf mich. An meiner Hand lief er mit mir zum Spielplatz.

Nachdem er sich an der großen Rutsche, dem Klettergerüst und der Wippe ausgetobt hatte, kehrten wir müde und hungrig nach Hause zurück.

Als Sammy schlief, suchte ich meine Station für den Abendrundgang auf. May begrüßte mich, Sie war neben Dean und Rachel meine dritte Pflegekraft und ebenso aufmerksam und empathisch.

„Hallo May, wie war dein Urlaub?"

„Wunderbar, kilometerlanger Sandstrand und Sonne. Ach, das war so schön."

„Du bist auch ordentlich braun geworden".

Sie lachte.

„Hat dich Dean schon auf den neuesten Stand gebracht?"

„Ja, ich habe von Joseph Silver gehört. Das tut mir so leid für ihn."

„Hast du ihn schon kennengelernt?"

„Ja, ein total netter Kerl."

„Ich drehe noch meine Runde, dann bin ich wieder weg."

„Mach das. Die Medikamente habe ich schon verteilt."

„Danke May und herzlich willkommen zurück."

Ich beendete meinem Rundgang in Josephs Zimmer.

Er saß an seinem Tisch und schrieb wieder. Er schaute flüchtig auf, bereit, sich wieder seiner Arbeit zu widmen. Als er jedoch sah, dass ich es war, legte er den Stift weg und strahlte mich an.

„Hey, alles gut bei dir?"

Er zeigte auf einen Stapel Blätter.

„Ja, es geht voran. Ich habe sogar schon ein paar Melodien aufgeschrieben, die mir spontan dazu eingefallen sind."

Als ich ihn fragend ansah, zeigte er mir Notenblätter mit schwarzen Punkten, schwungvollen Linien und Schrift. Interessiert betrachtete ich die Blätter.

„Das könnte ich mir auch gut an der Wand in einem Bilderrahmen vorstellen."

„Na ja, wenn ich richtig berühmt bin, dann stellen die das vielleicht in hundert Jahren auch in Vitrinen aus,", lachte er und legte das Blatt zur Seite. „Aber jetzt mache ich daraus erst mal ein paar Songs für eine neue CD."

„Hast du schon einen Namen dafür?"

„Liberation", antwortete er, ohne zu zögern.

„Fühlst du dich befreit?"

„Oh ja, und wie!"

„Keine Rückfälle?"

„Nein, keine großen zumindest. Klar gibts beim Schreiben mal nachdenkliche Momente, Wut oder Schmerz. Aber das ist normal und schnell wieder vorbei."

„Gut. Ich sehe, du bist sowohl mental als auch körperlich auf dem Weg der Besserung."

-oOo-

Heute war Sonnabend und passenderweise schien dazu die Sonne.

Da ich auf meiner Station Patienten hatte, stattete ich ihnen mehrmals täglich einen Besuch ab und vergewisserte mich, dass alles in Ordnung war.

Heute wollte ich Joseph von Spritzen auf Tabletten umstellen und hatte das gestern bereits mit ihm besprochen. Er wirkte erleichtert, zumal auch die Kanüle entfernt werden konnte.

Rachel und Phoebe waren gerade dabei, die Medikamente zu verteilen, während ich alle meine Patienten untersuchte. Als ich fertig war, wartete nur noch Joseph auf mich.

Er hatte die Pillen schon genommen und fühlte sich gut.

„Du meldest dich sofort, wenn es dir irgendwie komisch geht oder du trotz der Tabletten Schmerzen hast – ok?"

„Mach ich", versprach er.

Und als das Frühstück verteilt wurde, war ich schon wieder auf dem Weg in meine Wohnung.

Im Flur kam mir ein junger Mann entgegen, der mich freundlich grüßte und dann im Lift verschwand. Ich blickte ihm verwundert hinterher, dann schloss ich die Tür zu meiner Wohnung auf.

„Clare? Wer war denn der junge Mann?"

„Das war Tommy, er hat uns gerade ein paar Pflanzen aus dem Geschäft meiner Mutter gebracht."

Sie kam mir mit einem Putztuch in der Hand entgegen.

„Wollen wir sie gleich raus pflanzen?"

„Ja, gerne." Ich freute mich, dass es nun auf meiner Terrasse bunt werden würde. Sammy war schon draußen und bewunderte die vielen verschiedenen Blumen.

Gemeinsam machten wir uns an die Arbeit. Sammy freute sich, wenn er wieder eine Pflanze in ein Erdloch geben konnte, dann schaufelte er mit seinen kleinen Händen die Erde um die Pflanze und drückte sie fest. Er war so eifrig bei der Sache; es war eine Freude, ihm dabei zuzusehen. Kurze Zeit später hatten alle Blumen einen Platz in Töpfen oder Ampeln gefunden.

Als wir unsere Arbeit bei einer kleinen Verschnaufpause bewunderten, kam wie auf Kommando eine dicke Hummel angesummt und ließ sich auf den zarten Blütenköpfchen nieder. Sammy saß auf meinem Schoss und schaute hingerissen zu, wie sie von Blüte zu Blüte brummte und schließlich wieder verschwand.

„Was hältst du davon, heute Abend zu grillen?",
fragte ich Clare. Sie riss überrascht die Augen auf.

„Das ist eine gute Idee, da bringen wir nachher was
Schönes mit."

„Genau. Und du kannst deine Mutter einladen,
wenn es bei ihr passt. Ich würde sie gern mal wiedersehen."

„Oh! Danke Annie, das ist lieb. Ich ruf sie nachher
gleich an."

Annika Lundgren

Ein Aasgeier namens Presse

In der Zeit, wo Sammy schlief, war ich kurz auf Station, und Rachel bestätigte mir, dass alles ruhig war.

Mich interessierte, wie Joseph mit den Tabletten klar gekommen war, daher suchte ich sein Zimmer auf.

Er saß am Tisch und hatte einige Zeitungen vor sich liegen. Als ich das sah, ahnte ich schon, warum. Er las, aber als er mich kommen hörte, schaute er auf und blickte mich nachdenklich an.

„Hi Jo, alles in Ordnung?"

Er zuckte mit den Schultern und deutete auf die Zeitungen.

„Ich weiß nicht recht."

Ich trat näher und las die Schlagzeile.

Joseph Silver, Sänger der Band Midnight Sun, brutal zusammengeschlagen

Es überraschte mich nicht, davon in der Zeitung zu lesen. Schließlich war er berühmt und hatte Millionen Fans.

Der Artikel zeigte mehrere Bilder von ihm. Eines war ein Archivbild, auf welchem er schelmisch in die Kamera lächelte. Ein zweites zeigte ihn am Boden liegend und ein weiteres, wie er gerade in den Krankenwagen geschoben wurde. Offenbar hatte jemand schnell sein Handy gezückt und draufgehalten.

Angewidert verzog ich mein Gesicht und schob die Zeitung zurück. „Überrascht dich das?"

„Nein. Das gehört dazu. Es ist nur komisch, wenn man Bilder von sich sieht, sich aber nicht an die Situation erinnern kann."

„Kommst du damit klar?"

„Ja, wie gesagt, ich bin es gewöhnt, aber eben unter anderen Umständen."

Er warf die Zeitungen in den Papierkorb.

„Aber über Donna habe ich noch nichts gelesen, also über ihre Verhaftung."

„Weil sie noch nichts davon wissen. Blunt hat sie in die Tiefgarage gebracht, und dann haben sie sie heimlich weggeschafft. Wir wollten keinen Medienrummel vor der Klinik, um die Öffentlichkeit nicht mit der Nase drauf zu stoßen, wo du untergebracht bist."

„Aber die spekulieren auch auf diese Klinik."

„Ja, aber bis jetzt sind es nur Spekulationen. Und hier hat keiner vor, das zu ändern."

Er atmete tief durch, offenbar beruhigte ihn diese Aussage.

Sammy war schon wach, angezogen und bereit für unseren Einkaufsbummel. Clare begleitete uns. Ihre Mutter hatte die Einladung angenommen.

Wir bummelten die breite Allee zum Einkaufszentrum entlang, das sich ein paar Straßen weiter befand. Sammy hopste fröhlich neben mir her.

Er bekam ein paar neue T-Shirts und Hosen sowie Turnschuhe, die er selbst entdeckt hatte.

Im Spielzeugparadies hatte es ihm ein großes Feuerwehrauto besonders angetan, aber letztlich suchte er sich einen kleinen Laster mit einem Anhänger aus, den man kippen konnte.

Auf dem Rückweg besorgten wir alles, was wir zum Grillen brauchten und hatten sogar noch Zeit für einen Eisbecher.

Voll bepackt schlenderten wir langsam wieder nach Hause. Sammy trug stolz die Tüte mit seinen neuen Turnschuhen und in der anderen Hand den Laster.

Das Abendbrot verlief in einer angenehmen und heiteren Atmosphäre, ich entspannte mich und konnte die nette Gesellschaft genießen, während Clare grillte.

Ihre Mutter war eine lustige Person, die immer etwas zu erzählen hatte, meistens Anekdoten aus ihrem Alltag im Blumenladen. Wir lachten viel, und ich genoss die gelöste und unbeschwerte Stimmung.

-oOo-

Auch am Sonntag begann ich den Tag, in dem ich allen Patienten einen Besuch abstattete. Zum Schluss betrat ich das Zimmer von Joseph. Rachel hatte gestern schon die Kanüle entfernt. Nur ein Pflaster erinnerte noch daran.

Er lag auf dem Bett und zappte sich mit der Fernbedienung durch die Fernsehkanäle. Schließlich blieb er auf einem Musikkanal hängen und schaltete den Fernseher stumm, als ich an sein Bett trat.

„Hey Jo, alles gut bei Dir? Wie fühlst du dich?"

„Bestens, danke. Ich brauche nur irgendwie Bewegung, das Rumsitzen und Liegen macht mich wahnsinnig. Aaron kommt heute auch nicht. Also werde ich zwischendurch im Park etwas laufen."

„Tu das, der Regen soll am Vormittag aufhören. Sprich doch morgen mal mit Aaron, ob Du unter seiner Aufsicht eine Proberunde an den Geräten drehen kannst."

„Das ist eine gute Idee. Danke Annie, das werde ich machen."

In meiner Wohnung war es noch ganz ruhig, ich gönnte es Clare, auch mal auszuschlafen.

Vor mich hin summend machte ich mich daran, das Frühstück vorzubereiten.

Clare war überrascht, mich in der Küche hantieren zu sehen, kümmerte sich dann aber um Sammy, so dass wir kurze Zeit später gemeinsam frühstückten.

Sammy stand am Fenster und beobachtete, wie der Regen gegen die Scheiben klopfte. Doch dann besann er sich, flitzte in sein Zimmer und kam mit dem neuen Laster zu mir. Er schaute mich fragend an, dann ergriff er meine Hand und zog mich auf die Couch.

„Möchtest du mit deinen Laster spielen?", fragte ich ihn.

Er nickte eifrig. Mit ein paar Holzmurmeln beluden wir den Anhänger und ließen ihn umherfahren. Schließlich hatte er genug gespielt und wir widmeten uns seinem Lieblingsbuch, mit dem er sich stundenlang beschäftigen konnte.

Nach dem Mittagessen checkte ich alle Patienten durch, auch Joseph.

Er las gerade, legte das Buch aber weg, als ich an seinen Tisch trat. Dann stand er auf und streckte sich vorsichtig. Mein Gott war er groß!

„Wie groß bist du eigentlich?"

„Eins zweiundachtzig", sagte er schmunzelnd. „Und du?"

„Eins achtundsechzig. Ich bin irgendwie zu klein geraten."

„Aber die Kleinen wissen meistens genau, was sie wollen." Ein schelmisches Grinsen trat auf sein Gesicht.

Ich straffte meine Schultern. So gerne ich dieses Geplänkel fortsetzen würde, so genau wusste ich auch, dass es nicht richtig war. Dennoch hatte er mir eine Steilvorlage geliefert.

„Ich weiß genau, was ich will." Ich beobachtete ihn abwartend. Er zog eine Augenbraue hoch und schaute mich fragend an. „Ich will dich jetzt untersuchen."

Wir lachten beide, und ich war erleichtert, dass er nicht weiter flirtete.

Die Schrammen gaben seinem Gesicht eine verwegene Note, waren aber bereits gut geheilt. Die Schulter würde Zeit brauchen wie auch seine gebrochenen Rippen und die angeknackste Hüfte. Mittlerweile schimmerten die Prellungen in allen Farben.

Einen Tag noch, dann konnte er nach Hause. Als ich ihm das mitteilte, nickte er nur, sagte aber nichts.

Als wir alle gemütlich auf der Couch lümmelten, fragte Clare plötzlich: „Wie geht es Joseph eigentlich?"

„Du weißt schon, dass ich darüber nicht reden darf?"

Sie lachte. „Einen Versuch war es wert. Natürlich weiß ich das."

Ich hob beide Hände. „Ich gebe mein Bestes, damit er gesund wird und wieder zu Kräften kommt."

Clare wechselte das Thema und beklagte sich über das Regenwetter.

„Es ist so dunkel draußen, dass ich Licht machen musste, um an meinem Comic zu zeichnen. Die letzten Tage waren so schön. Das ist wahrscheinlich die Strafe dafür …" Sie verzog das Gesicht und ich musste lachen. Sammy stimmte mit ein, zum Schluss lachten wir alle, und das schlechte Wetter wurde zur Nebensache.

Den Nachmittag verbrachten wir mit puzzeln. Dabei erzählte ich ihm zu jedem Bild eine Geschichte, während er die Teile zusammensetzte.

-oOo-

Die Sonne strahlte von einem blauen, fast wolkenlosen Himmel, nur einige kleine weiße Wölkchen zogen über London, der Regen hatte alles blitzblank gewaschen. Auf meinen Terrassenpflanzen glitzerten noch die Regentropfen der vergangenen Nacht, aber die Sonne würde sie bald weggeleckt haben.

Am Empfang bereitete Rachel mit May die Medikamente und die Patientenakten vor, während ich meinen Rundgang begann. Josephs Genesung machte weiter Fortschritte, was mich darin bestärkte, dass ich ihn morgen entlassen konnte.

Montags war immer der stressigste Tag der Woche. Der Vormittag war Akutpatienten reserviert, nachmittags hatte ich nur bestellte Patienten.

Kurz vor Mittag erwischte mich Aaron zwischen zwei Patienten.

„Annie, ich nehme Joseph mit ins Trainingszentrum. Das Laufband wird ihm guttun."

Ich nickte und freute mich, dass Joseph meinen Vorschlag aufgegriffen hatte.

Rückschlag

Ich hatte gerade meinen letzten Patienten verabschiedet und besprach mit Rachel die Nachmittagstermine, als mein Handy klingelte.

„Aaron?"

„Annie, bitte komm nach unten, Joseph ist gestürzt."

Mir wurde schlecht.

„Ist gut, ich komme."

Nach zwei Worten zu Rachel war ich unterwegs. Der Aufzug schien endlos lange nach unten zu brauchen. Und als sich schließlich seine Türen öffneten, hastete ich zum Trainingsbereich. Atemlos stieß ich die Tür auf und schaute mich um. An den Laufbändern sah ich sie. Joseph lag und Aaron kniete neben ihm.

Ich eilte zu ihnen und hockte mich neben Joseph.

„Was ist passiert?"

„Er ist gestolpert und dann mit dem Gesicht auf dem Display aufgeschlagen. Gott sei Dank habe ich ihn zu fassen bekommen und Schlimmeres verhindert."

Mit routinierten Bewegungen untersuchte ich Joseph, der mit fest zusammengekniffenen Augen und schmerzverzerrtem Mund auf dem Boden lag. Er hielt sich die Hand über seine Nase, sein Gesicht war voller Blut.

Als die Pfleger mit einer Liege ankamen, halfen wir ihm auf die Liege und brachten ihn in die Notaufnahme. Ich zog mir mit zitternden Fingern Handschuhe an, schloss kurz die Augen, um mich zu fokussieren, dann spritzte ich ihm Morphin.

„Gleich wird es besser!"

Erschöpft nickte er. Nach einigen Minuten entspannte sich sein Gesicht, als das Morphin wirkte.

Ich übergab ihn schweren Herzens an den diensthabenden Unfallchirurgen, der sich um ihn kümmern würde, und kehrte auf meine Station zurück.

Auf Rachels fragenden Blick hin erzählte ich ihr, was passiert war. Sie wirkte sehr betroffen, eilte aber davon, als ich sie bat, unsere Schmerzmittelvorräte zu prüfen.

Nach diesem Ereignis hätte ich mich gern noch ein wenig vor der Welt versteckt, um meinen Gedanken nachzuhängen, aber da ich jetzt Termine hatte, war das keine Option.

Einen Patienten nach dem anderen behandelte ich, dabei hatte ich immer ein Auge auf den Empfang und hielt nach Joseph oder einem anderen Zeichen seiner Rückkehr Ausschau.

Endlich öffneten sich die Türen unseres Aufzuges und ein Pfleger brachte ihn wieder zurück.

Erleichtert lief ich auf ihn zu und nahm Joseph in Empfang. Rachel war zur Stelle und half, die Liege wieder in sein Zimmer zu schieben. Er schlief immer noch, würde aber wahrscheinlich bald aufwachen.

„Sie haben den Bericht per e-mail bekommen", informierte mich der Pfleger, verabschiedete sich und war verschwunden.

„Kümmerst du dich um ihn, und gibst mir Bescheid, wenn er aufwacht?"

„Das mache ich. Und wenn seine Eltern zu Besuch kommen sollten?"

„Ich möchte gern mit ihnen reden, bevor sie Joseph sehen."

Sie nickte, verließ das Zimmer und schloss die Tür hinter sich.

Da stand ich nun. Es kam mir wie ein Déjà-vu vor. So still und blass hatte er schon vor einer Woche in diesem Bett gelegen. Doch in dieser einen Woche war eine ganze Menge passiert.

Ich holte mir ein feuchtes Tuch und entfernte das restliche getrocknete Blut aus seinem Gesicht, mehr konnte ich im Moment nicht für ihn tun.

Das alles hatte nur wenige Minuten gedauert, wie ich feststellte, also nahm ich mir noch die Zeit, den Bericht der Notaufnahme anzusehen.

Sie hatten ihn geröntgt. Aber bis auf eine Nasenbeinprellung war er mit dem Schrecken davon gekommen. Erleichtert atmete ich auf. Also nur ein blaues Auge, für das es kühlende Kompressen gab.

Ich machte mich wieder an die Arbeit, es waren noch einige Patienten da, die versorgt werden wollten.

Schließlich war das Wartezimmer leer, und ich nutzte den Moment, um nach Joseph zu schauen.

Seine Nase war auf der einen Seite geschwollen und blau angelaufen. Wie angekündigt lag auch unter seinem Auge ein blauer Schatten.

Er bewegte sich und schlug verschlafen die Augen auf.

„Hey, wie geht es dir?"

Er schaute mich irritiert an.

„Was ist passiert?"

„Du bist auf dem Laufband gestolpert und gestürzt."

Ich konnte sehen, wie es in seinem Kopf arbeitete. Und als die Erinnerung zurückkehrte, schloss er gepeinigt für einen kurzen Moment die Augen.

„Wie fühlst du dich?"

Er horchte in sich hinein und bewegte sich etwas.

„Ganz gut, ein bisschen schwindelig im Kopf, aber keine Schmerzen."

„Das Morphin wirkt offenbar noch …", sagte ich mehr zu mir selber. „Ist dir übel?"

„Nein, sollte es?"

„Nicht zwingend, aber du bist mit dem Kopf aufgeschlagen, eine leichte Gehirnerschütterung wäre nicht ungewöhnlich."

Es klopfte und Rachel gab mir ein Zeichen.

„Jo, deine Eltern sind da, ich würde sie gern vorbereiten, ist das ok?"

Er nickte.

Seine Eltern warteten vor dem Zimmer und schauten mich fragend an. Ich erklärte ihnen kurz, was passiert war. Sein Vater winkte ab.

„Er war schon immer stürmisch und hat sich eine Blessur nach der anderen zugezogen. Es wundert mich gar nicht, dass er sich unbedingt bewegen wollte und dabei gestürzt ist. Aber er ist hart im Nehmen."

Er lächelte mich an, und Josephs Mutter nickte bestätigend. Mir fiel ein Stein vom Herzen, dass sie so entspannt reagierten. Ich öffnete die Tür und ließ sie eintreten.

Als seine Eltern wieder fort waren, suchte ich ihn noch einmal auf.

„Jo, ich möchte dich noch bis Donnerstag hierbehalten, nur zur Sicherheit."

Natürlich hatte er nichts dagegen und schien sogar etwas erleichtert zu sein. Als ich ihn nach dem Besuch seiner Eltern fragte, erzählte er mir, dass sich die Presse gerade mit Sensationsmeldungen über ihn und Donna überschlug. Die Gerüchteküche brodelte mit wilden Spekulationen.

„Ich lasse sie machen und sage nichts dazu. Irgendwann langweilt sie dieses Thema, und sie suchen sich ein neues Opfer, auf das sie sich stürzen können." Ein zynischer Zug spielte um seine Mundwinkel, während

wir beide einen Moment unseren Gedanken nach-
hingen.

„Ich muss wieder los. Wenn du was brauchst, klingelst du nach Rachel. Ich schaue heute abend noch
mal vorbei."

-oOo-

Als der nächste Morgen anbrach, war der Himmel
klar, kein Regen in Sicht. Ich erinnerte mich an den
gestrigen Tag und seufzte. Am Abend hatte ich noch
einmal nach Joseph gesehen, aber sein Zustand war
unverändert gewesen. Ich war froh, dass Aaron ihn
auffangen konnte. Wer weiß, was sonst passiert wäre.

Beschwingt nahm ich meinen Dienst auf und überzeugte mich, dass sich meine Patienten gut erholten,
bevor ich meinen ersten Patienten aufrief. Heute war
es nicht so hektisch, so dass ich zwischendurch einen
Moment für ein Gespräch mit Rachel hatte.

Annika Lundgren

Sammy

Aus den Augenwinkeln nahm ich eine Bewegung wahr und drehte mich um. Joseph lief an der Krücke in Richtung Gemeinschaftsraum. Er drehte sich um, als plötzlich ein lautes Kinderweinen zu hören war.

Mir lief es eiskalt den Rücken hinunter, als ich es erkannte. Ich erstarrte, wandte meinen Blick zum Lift und wurde bleich.

Als sich die Lifttüren öffneten, hastete eine völlig aufgelöste Clare mit dem weinenden Sammy auf dem Arm zum Empfang. Ich löste mich gewaltsam aus meiner Starre und lief ihr entgegen. Als Sammy mich sah, streckte er seine Ärmchen nach mir aus. Ich nahm ihn auf den Arm und versuchte, ihn zu beruhigen.

Clare war total aufgewühlt und verschluckte sich fast beim Sprechen: „Er ist am Klettergerüst abgerutscht und runtergefallen. Dabei hat er sich den Kopf angeschlagen. Er kam noch zu mir und lachte, aber plötzlich fing er furchtbar an zu weinen, hielt sich den Kopf … und … jetzt bin ich hier. Annie, es tut mir furchtbar leid …"

„Schhh Clare … alles gut, das passiert. Das ist nicht deine Schuld", beruhigte ich sie. „Ich schaue es mir an."

Ihr Blick irrte über den Gang, wir hatten ziemlich viel Aufsehen erregt, und blieb an der regungslosen Gestalt am Ende des Ganges hängen, ihre Augen weiteten sich kaum merklich, zweifellos hatte sie Joseph erkannt.

„Clare, kommst du mit", bat ich sie leise.

Dann eilte ich mit Sammy auf dem Arm und Clare im Schlepptau in mein Behandlungszimmer, vorbei an einem verwundert dreinblickenden Joseph.

Nachdem sich meinen Sohn etwas beruhigt hatte, konnte ich ihn in Ruhe untersuchen. Bis auf eine Beule am Hinterkopf war alles in Ordnung. Die Behandlung bestand aus einer Kühlkompresse und Nasereiben.

Ich hielt ihn noch einen Moment an mich gedrückt. Als ich sicher sein konnte, dass er seinen Schreck einigermaßen überwunden hatte, übergab ich ihn Clare mit der Anweisung, ihn gleich schlafen zu legen und auf Auffälligkeiten zu achten.

Während der Mittagspause setzte ich mich zu Rachel und erzählte ihr kurz, was passiert war. Ich hatte zuvor mit Clare telefoniert, die mir bestätigte, dass Sammy jetzt schlief.

„Er wird wahrscheinlich morgen schon wieder wie ein junges Fohlen umherspringen." Rachel sprach aus eigener Erfahrung mit immerhin drei erwachsenen Kindern.

Danach holte ich Joseph zu unserem Spaziergang durch den Park ab. In gemütlichem Tempo genossen wir die Sonnenstrahlen, die mittlerweile fast alle Pfützen getrocknet hatten.

Joseph wirkte abwesend und setzte mehrfach zum Sprechen an, verstummte aber jedes Mal wieder. Schließlich ermunterte ich ihn: „Was liegt dir auf der Seele, hm?"

Er fühlte sich ertappt. Und als er sprach, überraschte mich seine Frage nicht wirklich.

„Ich weiß, dass mich andere Patienten nicht zu interessieren haben. Aber der kleine Junge vorhin ...

ich habe ihn schon öfter auf dem Spielplatz gesehen. Kennst du ihn?"

Ich schwieg einen Moment und überlegte. Eigentlich ging es ihn wirklich nichts an, aber was konnte es schaden, wenn er von Sammy wusste? Schließlich war ich kein junges Ding mehr, ich hatte bereits ein Leben vor ihm gehabt und Sammy gehörte dazu.

„Ja, ich kenne ihn."

Er sagte nichts, sondern wartete geduldig. Auch eine Eigenschaft, die nur wenige Menschen besaßen und die ich sehr an ihm mochte. Ich seufzte.

„Er ist mein Sohn."

Wieder blieb er stumm, beobachtete mich aber aufmerksam, und so beantwortete ich ihm auch die letzte unausgesprochene Frage.

„Und die junge Frau ist Sammys Kindermädchen. Wir wohnen hier, daher sind wir auch öfter auf diesem Spielplatz."

„Kindermädchen …", wiederholte er langsam, dann erinnerte er sich. „Ah, die alleinstehende Mutter mit Kind, die arbeiten muss?"

Ich lachte erleichtert. „Genau die. Nur mit dem Unterschied, dass ich jede freie Minute mit Sammy verbringe."

„Ja, da war ich wohl etwas zu voreingenommen."

„Nein, du bist von anderen Gegebenheiten ausgegangen. Die kann ich übrigens auch nicht akzeptieren."

„Wie alt ist dein Sohn?"

„Vier."

Jetzt seufzte er. „Mein kleiner Neffe ist auch vier."

„Hast du mehrere?"

„Oh ja ... ich bin Onkel von zwei sehr aufgeweckten kleinen Jungs, die von früh bis abends nur Unsinn im Kopf haben ... aber weißt du was? Ich mache da meistens mit ..."

Er kicherte in sich hinein.

„Und dann kriegen wir immer alle drei Schimpfe von Max." – „Meinem Bruder", setzte er nach, als er meinen fragenden Blick bemerkte.

Die Zeit verstrich, während er mir von seiner Familie erzählte. Er war sichtlich stolz auf seine beiden Neffen.

Nach unserer Rückkehr war er ziemlich erschöpft, legte sich auf das Bett und wollte ein wenig schlafen.

Im Büro prüfte ich kurz meinen Terminkalender. Der Nachmittag war mit Operationen ausgebucht. Ich würde erst am Abend wieder auf meine Station zurückkehren.

Einige der Operationen führte ich durch, bei anderen assistierte ich, je nach Fachgebiet. Ich liebte meine

Arbeit im OP sehr, nur heute hätte ich mir weniger davon gewünscht, da ich eigentlich lieber bei meinem Sohn gewesen wäre. Doch manchmal musste man eben in den sauren Apfel beißen, und akzeptieren, dass die Dinge anders laufen.

Ich schob diese Gedanken beiseite und konzentrierte mich auf meine Arbeit.

Es war bereits Abend, als ich mich erschöpft aus der OP-Kleidung befreite und wieder nach oben auf meine Station fuhr.

Ich hatte einen entgangenen Anruf von Clare und rief sofort zurück, fast eine Katastrophe erwartend.

Aber sie wollte nur wissen, was Sammy essen konnte, und hatte schließlich Rachel um Rat gefragt.

„Prima, das war richtig. Ich bin hier gleich fertig."

Ich schaute kurz noch einmal bei allen Patienten vorbei. Joseph hatte gerade seine Eltern zu Besuch und war gut drauf. Beruhigt konnte ich nun endlich zu meinem wichtigsten Patienten eilen.

Ich fand Sammy auf der Fensterbank in der Küche, während Clare am Herd in einem großen Topf rührte.

Sammy freute sich, mich zu sehen, kam aber diesmal nicht angeflitzt. Vorsichtig setzte ich mich neben ihn und zog ihn auf meinen Schoß.

„Na, mein Spatz, geht's dir besser?"

Er nickte, während ich mit meinen Fingern vorsichtig seinen Kopf kraulte und unauffällig seine Beule untersuchte. Es schien ihm nichts mehr auszumachen, da er sich in meine Arme schmiegte und wohlig seufzte.

„Er war nach dem Aufwachen nicht ganz so lebhaft wie sonst, hat aber wieder gelacht, als ich ihm seine Lieblingsgeschichte vorgelesen habe."

Clare klang nicht ganz so fröhlich, sondern wirkte etwas niedergeschlagen.

„Machst du dir etwa Vorwürfe deswegen?"

„Na ja, ein wenig schon."

„Mach das bitte nicht. So etwas passiert. Kinder lernen aus ihren Fehlern. Beim nächsten Mal weiß er, dass er sich festhalten muss."

Sie nickte, wirkte aber immer noch etwas geknickt.

„Spätestens morgen ist er wieder fit."

Damit konnte sie leben.

Als Sammy im Bett war, überlegte ich, ob ich noch einmal ins Büro gehen sollte, um die liegengebliebene Schreibarbeit zu erledigen. Dabei fiel mir wieder ein, was ich Clare fragen wollte.

„Kennst du jemanden, der mir im Büro helfen könnte?"

„Was wären das für Arbeiten?"

„Rechnungen schreiben und meine Buchhaltung."

Sie überlegte und zog dabei ihre Nase kraus.

„Ich kenne eine junge Mutti, ihr Sohn geht jetzt in die Vorschule, und sie ist auf der Suche nach Arbeit. Ich könnte sie fragen, ob sie bei dir anfangen möchte."

„Das wäre schön."

„Ok, wenn ich sie sehe, frage ich sie." Sie zögerte, dann zog sie ihr Handy aus der Gesäßtasche der Jeans. „Ach was, ich rufe sie jetzt gleich mal an. Hast du bestimmte Vorstellungen, wann sie arbeiten soll?"

„Solange sie lernt, müsste sie sich nach mir richten. Später kann sie sich das flexibel einrichten."

„Gut, ich rufe sie an und gebe dir Bescheid."

Kurze Zeit später war sie wieder da und gab mir die Telefonnummer ihrer Freundin Helen, die tatsächlich gern bei mir anfangen wollte.

-oOo-

Ruhelos wälzte ich mich in meinem Bett herum und versuchte zum dritten Mal, einzuschlafen.

Zwei Albträume von mir und einer von Sammy waren definitiv wieder einmal drei zu viel.

Als mein Wecker klingelte, fühlte ich mich wie ausgespuckt und sah auch genauso aus. Glanzlose Augen, Ringe darunter und bleich wie der Tod auf Latschen.

Eine heiße Dusche sollte es richten und mich wenigstens ein bisschen in Form zu bringen, schließlich musste ich wieder einen langen Arbeitstag bewältigen. Heute standen mehrere Operationen auf dem Plan, den ich wie jeden Morgen mit meinem Personal besprach, bevor ich mich auf den Weg in die Krankenzimmer machte.

Mein letzter Besuch galt wie immer Joseph. Ich betrat sein Zimmer und stieß fast mit ihm zusammen, als er aus dem Bad kam.

„Hoppla!", rutschte es mir heraus, als ich vor Schreck einen Schritt zurücktrat.

Er war mindestens genauso erschrocken wie ich, hatte sich aber schnell wieder in der Gewalt.

„Guten Morgen, Annie", grüßte er mich freundlich.

„Guten Morgen, Jo." Auch ich hatte mich wieder gefasst. „Wie hast du geschlafen?"

„Wahrscheinlich besser als du."

Ich winkte ab, er wusste, dass ich nicht darüber sprechen würde, und setzte sich daher aufrecht hin, damit ich ihn untersuchen konnte.

„Wie ist es mit Kopfschmerzen, Schwindel, Übelkeit? Ist irgendetwas davon aufgetreten?"

„Nein, nichts davon."

„Bestens. Ach, bevor ich es vergesse, Aaron holt dich nachher zum Training ab. Er hat sich etwas für dich ausgedacht, das dich fordern wird."

„Und was?"

„Das ist eine Überraschung."

Drei Operationen waren für heute Vormittag ange-
setzt, aber bis es so weit war, konnte ich noch einige
Patientenakten bearbeiten und Rechnungen schreiben.
Dabei erinnerte ich mich, dass mir Clare die Telefon-
nummer von ihrer Freundin gegeben hatte. Als ich
Helen anrief, freute sie sich riesig.

Wir unterhielten uns eine Weile und vereinbarten,
dass sie mich gleich am nächsten Tag besuchen sollte,
damit sie sich ein Bild von ihrer zukünftigen Arbeit
machen konnte.

Am Empfang unterhielt sich Joseph mit Rachel und
lachte über etwas, was sie sagte. Es war schön, ihn so
unbeschwert und fröhlich zu sehen. Als er mich sah,
lief er in meine Richtung. Gemeinsam machten wir
uns auf den Weg und spazierten gemütlich durch den
Park. Die Sonne wärmte unsere Haut.

Heute lief er etwas langsamer als sonst, und ich
fragte ihn danach.

„Oh, ich habe von gestern Muskelkater, aber es ist
schon besser. Die Bewegung vorhin hat mir gutgetan.“

„Ach ja, was hatte denn Aaron für eine Überraschung für dich?“

„Wie, du weißt das nicht?“

„Nein, mir hat er auch nichts verraten.“

Er lachte. „Der Kerl wird mir immer sympa-
thischer.“

„Und?"

„Er hat ein Kreistraining mit verschiedenen Geräten zusammengestellt, so dass mein ganzer Körper was davon hatte. Und ich war danach wirklich groggy."

„Aber du hast es nicht übertrieben – oder?"

„Nein, nein. Aaron hat wie ein Schießhund auf mich aufgepasst."

Viel zu schnell war die Pause um. Als ich ihn wieder in seinem Zimmer ablieferte, war er geschafft. Der Sport und zusätzlich noch der Spaziergang waren für ihn sehr anstrengend gewesen.

Ich war so vertieft in meine Büroarbeit, dass ich erschrak, als das Telefon klingelte. Es war die Notaufnahme, die meine Unterstützung bei Operation eines Sportunfalls brauchten. Nach der OP behandelte ich noch die Patienten meiner Sprechstunde.

Endlich war Feierabend. Ich war geschafft und freute mich, dass ich ab nächster Woche endlich Urlaub hatte. Ganze drei Wochen konnte ich wieder Kraft tanken und mich richtig erholen.

Phoebe und Rachel räumten gerade das Abendbrot weg, als ich noch einmal nach meinen Patienten schaute. Auch Joseph sah satt und zufrieden aus. Die kurze Untersuchung zeigte mir, dass er wieder auf dem Weg der Besserung war.

„Wie war dein Tag heute?", fragte er unvermittelt.

„Arbeitsreich und befriedigend."

„Befriedigend?"

„Ja. Immer nach einer gelungenen OP."

„Ist dir schon mal eine Operation ... nicht gelungen?"

„Nun ja, sagen wir es mal so: Als Ärztin habe ich immer den Anspruch, dass mein Patient im besten Falle wieder gesund wird. Aber manchmal ist das einfach nicht möglich. Doch wenn ich das Leben meiner Patienten wenigstens ein bisschen verbessern kann, dann habe ich auch etwas erreicht. Aber manchmal ist es zu spät und ich kann nichts mehr tun. Das sind die schlimmsten Momente, die kein Arzt erleben möchte."

Er dachte darüber nach.

„Das ist eine enorme Verantwortung. Wird dir das nicht manchmal zu viel?"

„Nein, dann hätte ich nicht Ärztin werden dürfen."

„Auch wieder wahr", schmunzelte er.

Als ich meine Wohnung betrat, war es still. Weder im Wohnzimmer noch in der Küche war jemand. Plötzlich hörte ich ein gedämpftes Kinderlachen und fand die beiden auf der Terrasse. Sie gossen gerade die Blumen, die wir vor einigen Tagen gepflanzt hatten.

Zumindest schien das der Plan gewesen zu sein, aber momentan lieferten sich beide eine ausgelassene Spritzwasserschlacht. Sammy lachte und quietschte vor Freude.

Als er mich in der Terrassentür entdeckte, wurde auch ich prompt mit Wasser bespritzt. Zum Schluss waren wir alle nass und mussten uns erst einmal umziehen.

Als Sammy später schlief, gesellte ich mich zu Clare auf die Couch. Sie malte eifrig an einer kleinen Figur. Es sah sehr verdächtig nach einer Wasserbombenschlacht aus.

„War Sammy als Inspiration wieder erfolgreich?"

Sie schaute auf und grinste spitzbübisch.

„Ja, das heute hat mich auf eine neue Idee gebracht. Ich glaube, dass ich einen Zyklus über einen kleinen Racker mache. Viele Ideen sind schon auf dem Papier. Ich kann vielleicht bald meinen ersten Comic veröffentlichen."

„Clare, das klingt ja wunderbar!" Ich freute mich für sie. „Hast du schon einen Verlag, über den du es rausbringst?"

„Nein, aber ich habe eine Freundin, die in einem Verlag arbeitet, und sie hat versprochen, mich zu unterstützen. Du bekommst auf alle Fälle das erste Exemplar – für Sammy."

„Das wird bestimmt lustig, vielleicht erkennt er sich ja darin wieder."

„Das ist gut möglich", stimmte Clare mir zu und beugte sich wieder über ihre Arbeit.

-oOo-

Nach einer traumlosen Nacht, in der auch Sammy durchgeschlafen hatte, war heute nun der Tag, an dem ich Joseph entlassen würde.

Als ich mich seiner Tür näherte, um mit ihm zu reden, hörte ich seine Stimme und Lachen. Telefonierte er?

Leise betrat ich sein Zimmer und sah ihn fragend an, aber er winkte mich zu sich. Dann verabschiedete er sich und legte das Telefon beiseite.

„Das war mein Kumpel, er ist gegen eine Glastür gerannt und hat nun eine riesige Beule an der Stirn." Er gluckste immer noch vor Lachen. „Ich habe ihn gefragt, warum es ihm besser gehen sollte, als mir."

„Das hätte aber auch schief gehen können."

„Ich weiß, ich weiß. Aber so, wie er es erzählt hat, war es zum Totlachen. Es ist ihm nichts passiert, und die Glastür ist auch noch heil."

„Scheint ein Dickschädel zu sein."

„Ja, das kann man wohl sagen."

„Ich hole dich nachher zur Abschlussuntersuchung ab. Wenn alles in Ordnung ist, kannst du nach Hause."

Glücklich sah er nicht aus, aber ich konnte ihn ja nicht länger hierbehalten, als nötig.

Als ich zum Empfang kam, wartete Helen bereits auf mich. Rachel wusste Bescheid und hatte die Information mit einem „Das würde dir sehr guttun" quittiert.

Im Büro erklärte ich ihr, was ich von ihr erwartete, und zeigte ihr das Programm, mit dem ich arbeitete.

„Das kenne ich. Damit habe ich früher schon gearbeitet."

Sie lächelte erleichtert und freute sich, dass sie nicht ganz bei null anfangen musste.

„Wollen wir gleich mal ein paar Rechnungen schreiben, damit Sie auch die Besonderheiten sehen?"

„Gerne. Aber bitte, sagen Sie doch Helen."

„Ok Helen. Und du sagst Annie."

Nachdem das geklärt war, setzten wir uns zusammen vor meinen Laptop, und ich ließ sie unter meiner Anleitung die erste Rechnung erstellen. Dann zeigte ich ihr, wie sie sich in meinen Verzeichnissen mit den Patientendaten zurechtfinden konnte. Sie schrieb stichpunktartig mit und stellte einige Fragen. Daran erkannte ich, dass sie ihre Arbeit beherrschte und strukturiert denken konnte.

Das war für mich erst einmal ein gutes Zeichen.

„Ich denke, dass wir uns auf Arbeitszeiten einigen können, die für uns beide passen."

„Darf ich zum Probearbeiten zu dir kommen?"

„Ja, gerne. Allerdings müsstest du gleich am ersten Tag dieses Formular unterschrieben mitbringen." Ich schob ihr die Vereinbarung über die Schweigepflicht zu.

Sie warf einen kurzen Blick darauf.

„Das versteht sich von selbst."

Mein erster Eindruck von Helen war positiv. Sie schien gewissenhaft und genau zu sein. Und, was für mich noch viel wichtiger war, sie wollte unbedingt wieder arbeiten.

Erleichtert, dass sie vielleicht genau die Richtige war, bereitete ich mich auf Josephs Abschlussuntersuchung vor. Dann holte ich ihn ab.

Schweigend untersuchte ich zuerst alle äußeren Blessuren und Verletzungen. Vorsichtig bewegte ich seinen Arm, um sein Schultergelenk zu prüfen. Dann bat ich ihn, sich auf die Liege zu legen, damit ich noch mal einen Ultraschall seiner Milz machen konnte. Ich war zufrieden mit dem Fortschritt der Heilung.

„Gut, ich kann dich ohne Bedenken entlassen. Wohin gehst du jetzt?"

„Erst mal in meine Wohnung … mal sehen, wie ich klarkomme."

„Holt dich jemand ab?"

„Ja, ein Kumpel wollte gegen Mittag hier sein."

„Also Jo, ich gebe dir für die nächsten Tage die Schmerztabletten mit, dazu den Einnahmeplan. Wenn du Schmerzen hast, dann ruf mich an, damit wir noch mal nachbessern können. Kein Alkohol und Sport nur so, wie wir es besprochen hatten."

Dann legte ich die Verpackung mit dem Armverband dazu.

„Den trägst du noch die nächsten zwei Wochen, danach nur noch in der Nacht. Tagsüber schonst du den Arm, aber die Übungen machst du regelmäßig. Mit der Zeit wird der Bewegungsradius deiner Schulter immer größer."

„Alles klar. Schwimmen?"

„Kein Kraulen oder Brustschwimmen. Rücken ja, aber ohne ausladende Armbewegungen."

Sein Handy summte.

„Mein Taxi ist da." Dabei setzte er das Wort „Taxi" mit den Fingern in Anführungszeichen.

„Ok, wir haben auch alles besprochen. Hast du noch Fragen?"

„Ja, eine noch."

Ich wartete, und er zögerte kurz.

„Darf ich dich am Samstag zum Essen einladen?"

Ich war überrascht, damit hatte ich nicht gerechnet. Dementsprechend unhöflich musste meine Frage klingen.

„Warum?"

Aber er ließ sich nicht aus der Ruhe bringen.

„Zum einen möchte ich mich damit bei dir bedanken."

Ich holte Luft, um zu widersprechen, aber er hob die Hand und stoppte mich.

„Zum anderen fand ich unsere Gespräche immer sehr anregend und würde sie gern fortsetzen."

Jetzt war ich wirklich sprachlos und betrachtete ihn erstaunt. Warum tat er das? Ich straffte meine Schultern und dachte, dass ich es herausfinden sollte. Ich nickte langsam und sah, wie die Unsicherheit, die sich in sein Gesicht geschlichen hatte, einem strahlenden Lächeln wich.

„Also ist das ein ja?"

„Ja, das ist es."

„Dann hole ich dich Samstag Abend um sieben hier ab." Er griff in seine Tasche und gab mir einen kleinen Zettel. „Meine Handynummer, falls was dazwischen kommen sollte."

Ich nahm die Notiz an mich und war dankbar für die Möglichkeit, die Notbremse ziehen zu können, falls das, was dazwischen kommen könnte, meine kalten Füße waren.

„Danke, dann sehen wir uns am Samstag."

Wir standen auf, und mir wurde wieder bewusst, wie groß er war. Ich schaute zu ihm auf, direkt in seine Augen.

„Annie, ich danke dir für alles, besonders für deine moralische Unterstützung. Du hast mir sehr geholfen."

„Das war doch selbstverständlich." Ich öffnete die Tür. „Lass deinen Freund nicht warten."

Und dann war er weg.

Annika Lundgren

Vorfreude

Immer noch perplex saß ich im Büro versuchte, mit dieser unerwarteten Wendung umzugehen. Doch so sehr ich auch überlegte, konnte ich nichts finden, was dagegen sprach, seine Einladung anzunehmen. Ein Abendessen mit ihm konnte interessant werden.

Ich schaltete den Laptop ein und begann, Rechnungen und Patientenberichte zu schreiben. Allzu weit kam ich jedoch nicht, da mich die Notaufnahme für eine schwere Not-OP brauchte. Ein Fußgänger war von einem Auto erfasst und mehrere Meter über die Straße geschleudert worden.

Mit zwei Unfallchirurgen machten wir uns daran, den armen Kerls wieder zusammenzuflicken. Es war eine Mammut-Operation und ein zähes Ringen um sein Leben, aber schließlich hatten wir es geschafft.

Völlig erschöpft von stundenlanger Konzentration und dem langen Stehen ließ ich mich in meinen Stuhl sinken und war Rachel dankbar, als sie mir einen Kaffee brachte. Sie hatte sich um die wartenden Patienten gekümmert und diese geschickt auf andere Ärzte umverteilt.

Nachdem ich mich etwas erholt hatte, besuchte ich meine beiden verbliebenen Patienten, die ich morgen entlassen konnte.

Ich hatte noch einen Punkt auf meiner Liste, den ich unbedingt vor meinem Urlaub erledigen wollte, und das war ein Anruf in der Personalabteilung. Ich brauchte dringend Ersatz für Nelly, die uns nach ihrer Hochzeit mit einem Schweizer Arzt verlassen hatte.

Jetzt hoffte ich auf einen ebenso tüchtigen wie ver-schwiegenen Ersatz für sie, damit Rachel, Dean und May keine Überstunden mehr machen mussten.

Aber heute war es schon zu spät, also nahm ich es mir gleich für morgen früh vor und konnte jetzt end-lich Feierabend machen.

Beim Abendessen kam Clare gleichauf den Punkt.

„Und, hast du Joseph heute entlassen?"

„Japp."

„Hoffentlich bringt er bald ein neues Album heraus."

„Das könnte gut sein, er hat an ein paar neuen Songs gearbeitet."

Sie klatschte in die Hände. „Prima!"

„Er hat mich Samstag Abend zum Essen eingeladen."

Erstaunt sah sie mich an, dann stahl sich ein Grinsen auf ihr Gesicht.

Sie sprang auf und rief: „Annie, das muss gefeiert werden!"

Mit einer Flasche Wein und zwei Gläsern kam sie zurück und stieß mit mir an. Ich ließ mich in die Kissen sinken, nippte an meinem Glas und entspannte mich.

Ein weiteres Glas später war die Flasche leer und ich müde genug, um mich schlafen zu legen. Auch Clare packte ihre Zeichensachen zusammen.

Ich schlief sofort ein. Der anstrengende Tag forderte seinen Tribut.

-oOo-

Als ich am Morgen nach einer traumlosen Nacht aufwachte, schien die Sonne in mein Zimmer. Der Himmel war strahlend blau, nur einige kleine Wölkchen zogen langsam dahin.

Heute war mein letzter Arbeitstag. Ab morgen hatte ich ganze drei Wochen Urlaub und würde mich nur auf Sammy konzentrieren.

Während der Laptop hochfuhr, machte ich mir in Gedanken eine Liste, was heute alles zu erledigen war. Als Erstes würde ich in der Personalabteilung anrufen.

„Hi Sandy, hier ist Annie."

„Hi Annie, schön von dir zu hören. Rufst du wegen deiner Stellenausschreibung an?"

„Ja, genau. Hast du schon was für mich?"

„Ja, es sind bereits fünf Bewerbungen eingegangen. Zwei Männer und drei Frauen. Soll ich sie dir mailen?"

Gemeinsam sprachen wir die Bewerbungen durch. Sandy war ein Schatz und sehr erfahren auf diesem Gebiet. Ihr hatte ich auch meine jetzigen Mitarbeiter zu verdanken. Damals hatte ich gar keine Erfahrungen in solchen Dingen, aber Sandy hatte mich unterstützt, um passende fähige und engagierte Mitarbeiter zu finden. Zum Schluss besprach ich mit ihr noch ein anderes Thema, das mir am Herzen lag.

Danach rief ich Phoebe zu mir.

„Weißt du schon, wo du die nächsten Wochen arbeiten wirst?"

Sie erzählte es mir, und ich meinte, ein Bedauern in ihrer Stimme zu hören, weil es für sie bei weitem nicht so lehrreich sein würde, wie es die Zeit bei mir gewesen war. Von Dean wusste ich, was sie sich insgeheim wünschte.

„Ich habe eine Überraschung für dich."

Und dann erzählte ich ihr, was ich mit Sandy besprochen hatte.

„Du wirst ab Montag in der Notaufnahme arbeiten. Ich denke, dass das ein großartiger Abschluss vor deinen Prüfungen ist."

Sie strahlte mich glücklich an und dankte mir. Beschwingt verließ sie mein Büro. Ich war froh, dass ich ihr noch etwas Gutes tun konnte, denn sowohl ich als auch mein Pflegepersonal waren mit ihr sehr zufrieden gewesen.

Meine Sprechstunde bestand heute aus einem bunten Mix von Nachuntersuchungen, Entlassungen und einigen kleineren Operationen.

Jetzt hatte ich in meiner Praxis keine stationären Patienten mehr … mein Urlaub konnte langsam kommen. Doch bis es wirklich so weit war, hatte ich noch alle Hände voll zu tun.

Als auch das geschafft war und im Wartezimmer keine Patienten mehr saßen, gesellte ich mich zu Rachel. Sie erzählte mir, dass sie in ihrem Urlaub ihre jüngste Tochter und ihre Enkel in Hastings, besuchen wolle.

„Das Wetter soll auch einigermaßen warm werden, da können wir bestimmt viel unternehmen und auch mal an den Strand gehen", schwärmte sie. Ihre Augen leuchteten, und ich sah ihr die Vorfreude an.

„Das klingt gut. Dann drücke ich dir mit dem Wetter die Daumen."

„Und was machst du, fährst du mit Sammy weg?"

„Nein, ich habe nichts geplant. Vielleicht mal einen Tagesausflug, aber keine Reise. Ich will die Zeit hauptsächlich mit Sammy verbringen."

„Besucht uns doch in Hastings! Die Jungs finden einen Besuch in den Schmugglerhöhlen mit Sicherheit faszinierend."

„Das ist eine gute Idee, ich denke drüber nach."

Ich wollte gerade aufstehen, als sie mich zurück-hielt und unter dem Tresen eine Zeitung hervorzog.

„Die habe ich heute früh auf dem Weg zur Arbeit gekauft. Die Presse zerreißt sich das Maul über Joseph."

Ich seufzte. Das war zu erwarten gewesen. Auf dem Titelblatt prangten in riesigen Lettern die Schlag-zeilen:

**Joseph Silver, Sänger der Band
Midnight Sun, wieder solo!**

**Donna Caban verhaftet – hat sie ihren
Verlobten zusammenschlagen lassen?**

Ich überflog den Artikel und bekam eine Gänsehaut. Für einen phantasievollen Schreiberling war der Bericht viel zu nah an der Wahrheit dran.

Mein Blick fiel auf das Bild in der Mitte des Artikels. Es zeigte Joseph, wie er mit hochgezogenen Schultern und eingezogenem Kopf eine Straße entlanglief, den Blick nach unten gerichtet. Trotz seiner Haltung sah man die Blessuren in seinem Gesicht.

Mein Magen krampfte sich zusammen und bittere Galle stieg in mir auf. Es war ekelhaft, wie sie alles breittraten, ohne Sinn und Verstand. Bestand die Welt nur noch aus Sex, Gewalt und Stalking?

„Ja, damit hat er schon gerechnet."

Rachel nickte und packte die Zeitung wieder ein.

„Hoffentlich verlieren die bald das Interesse an ihm."

„Ich befürchte, dass das erst der Anfang ist."

„Annie, Telefon für dich!", rief Rachel mir zu, als ich auf dem Weg ins Büro war. „Inspector Blunt."

„Stell ihn bitte zu mir durch."

Ich war gespannt, was er wollte, da eigentlich alles besprochen war.

„Hallo Inspector Blunt, was kann ich für Sie tun?"

„Hallo Dr. Jonasson. Ich bereite gerade die Anklage für den Staatsanwalt vor und habe noch einige Fragen, besonders zu den gesundheitlichen Folgen für Joseph Silver. Er hat Sie ja von der ärztlichen Schweigepflicht für den Prozess entbunden. Ist das richtig?"

Ich erinnerte mich an das letzte Gespräch zwischen Blunt und Joseph. Er hatte mir kurz danach einen Zettel in die Hand gedrückt, in welchem er mich im Rahmen eines Strafprozesses von der ärztlichen Schweigepflicht entbunden hatte. Ich war zwar erstaunt, hatte das Dokument jedoch ohne weitere Fragen in seine Patientenakte gelegt.

„Ja, das ist richtig. Er hat mich befreit."

„Sind Sie bereit, vor Gericht für ihn auszusagen?"

Hatte ich denn eine Wahl? Eigentlich nicht. Schließlich wollte ich ja auch, dass Donna Caban und Dennis Corin für ihre Taten zur Verantwortung gezogen wurden.

„Ja, das bin ich."

„Kann ich heute noch vorbeikommen, um mit Ihnen alles zu besprechen?"

„Ja. Wann können Sie hier sein?"

„In einer viertel Stunde."

„Gut. Dann bis gleich."

Ich informierte Rachel. Und während ich mit ihr noch einige andere Themen besprach, öffnete sich die Tür.

„Ach schau mal, da ist er schon."

Als wir in meinem Büro saßen, kam er zur Sache und erläuterte, welche Angaben und Unterlagen er bräuchte. Dann erklärte ich ihm, in welchem Zustand Joseph bei uns eingeliefert wurde, was er für Verletzungen hatte und wie die Heilung verlief. Für meine Erklärungen zog ich die Röntgenbilder, Ultraschall-Aufnahmen und Blutbilder hinzu.

„Und was ist mit der Nasenbeinprellung?"

„Die können Sie weglassen, das ist erst bei einem Sturz hier in der Klinik passiert."

„Ok, dann haben wir mehrere Platzwunden am Kopf und im Gesicht, drei gebrochene Rippen, ein ausgekugeltes Schultergelenk, eine Beckenfraktur und einen nicht ungefährlichen Kapselriss der Milz."

„Genau. Und vergessen Sie nicht die unsichtbaren Auswirkungen. Sie waren selbst dabei, als er zusammen gebrochen ist. Das hat ihn zusätzlich geschwächt und seine Heilung verzögert."

„Ja, das habe ich vermerkt. Das sollte auch eine nicht unerhebliche Rolle spielen."

„Fein." Ich zögerte, dann nahm ich all meinen Mut zusammen.

„Wie wird das Ganze eigentlich ablaufen?"

„Das kommt auf den Staatsanwalt an. Vielleicht wird es nur ein Gespräch im Richterzimmer werden. Auf jeden Fall wird man Ihre Expertenmeinung hören wollen und vielleicht noch einige tiefergehende Fragen stellen."

„Ach, noch etwas. Haben Sie Joseph dazu geraten, mich von der ärztlichen Schweigepflicht zu entbinden?"

Er lächelte nur, da wusste ich Bescheid.

Rachel erwartete mich, neugierig, was ich mit Blunt besprochen hatte. Als ich ihr von seiner Reaktion auf meine Frage nach der Entbindung von der Schweigepflicht erzählte, lachte sie.

„Er ist ein schlauer Fuchs. Offenbar war es eine Empfehlung unter der Hand."

Als ich endlich Feierabend, Wochenende und Urlaub hatte und meine Wohnung betrat, stürzte Sammy mir entgegen und warf sich ungestüm in meine Arme. Er roch nach Chlor.

„Hey mein Großer. Warst du im Schwimmbad?"

Er nickte begeistert und zeigte mir stolz eine blaue Quietsche-Ente. Dann rannte er ins Wohnzimmer, wo

Clare noch mit feuchten Locken im Sessel saß und an einem Comic zeichnete.

Sie unterbrach ihre Arbeit.

„Eine Freundin hat heute früh angerufen und gefragt, ob ich sie und ihre Kinder mit Sammy begleiten möchte. Ich hoffe, du bist mir nicht böse."

„Ach wo. Es war doch ein tolles Erlebnis für ihn."

„Ja, er war begeistert und ist mit den Schwimmflügeln ganz schön viel rumgepaddelt. Vielleicht können wir das ja gemeinsam wiederholen?"

„Sicher, das ist eine gute Idee."

„Ich würde gern meiner Mutter nächste Woche im Laden helfen."

„Clare, das passt super." Dann erzählte ich ihr von Rachels Angebot. Sie war begeistert und ermutigte mich, es anzunehmen, was ich auch vorhatte.

Die Zugfahrt dauerte nur etwas über eine Stunde. Wir konnten uns für ein paar Tage ein kleines Zimmer in einer Pension nehmen. Es würde uns beiden guttun, ein wenig Abstand von London und unserem Alltag zu gewinnen. Er käme dort auch mit den Enkeln von Rachel zusammen, die ungefähr in seinem Alter waren. Und vielleicht würde er sich etwas öffnen, etwas anderes wagte ich jedoch nicht zu hoffen.

-oOo-

Ich schreckte mit dem Gedanken hoch, verschlafen zu haben, aber dann entsann ich mich, dass ich ja Urlaub hatte. Ein kleines Seufzen neben mir erinnerte mich daran, dass Sammy wieder einen Albtraum gehabt hatte. Ich strich ihm zärtlich eine Locke aus seinem Gesicht, was ihm ein weiteres Seufzen entlockte.

Später am Vormittag saßen Sammy und ich auf der Terrasse im Sonnenschein. Ich hatte ihm seine Spielzeugkiste neben den Tisch gestellt, in der er gerade herumkramte, während ich die Zugfahrt und ein Zimmer in Hastings buchte.

Clare gesellte sich zu uns und sagte: „Ich treffe mich gleich in der Stadt mit ein paar Freunden zum Shoppen. Am Nachmittag bin ich wieder zu Hause. Du bist heute Abend mit Joseph verabredet – oder?"

„Ja, er holt mich gegen sieben ab."

„Ich wollte die Mitternachtsvorstellung von einem neuen Film besuchen …", sagte Clare und schaute mich fragend an. „Schaffst du es bis dahin zurück?"

„Aber ja, es ist ja nur ein Abendessen."

„Ok. Dann bis heute Nachmittag. Habt viel Spaß!"

Ein Date

Als Clare wieder zu Hause war, beladen mit Tüten und Taschen, gab ich Sammy in ihre Obhut und machte mich für mein Date fertig. Ein wenig aufgeregt war ich schon, weil ich nicht wusste, was mich erwartete – außer einem guten Essen. Doch da war auch ein bisschen Vorfreude, Joseph wiederzusehen. Ich hatte unsere Gespräche sehr gemocht, da er eine kluge und charmante Art an sich hatte.

Als ich mich von den beiden verabschiedete, malten sie gerade eine ganze Kompanie an Strichmännchen und alberten herum. Ich versprach Clare, pünktlich wieder zu Hause zu sein, dann machte ich mich auf den Weg.

Auf der Straße warte bereits ein Taxi, aus dem Joseph ausstieg, sobald ich das Haus verlassen hatte.

Er freute sich ehrlich, mich zu sehen, obwohl mir die Schatten unter seinen Augen gar nicht gefielen. Ganz Gentleman hielt er mir die Tür auf und ließ mich zuerst einsteigen.

„Wie geht es dir?"

„Gut soweit."

„Kommst du zu Hause klar?"

Er zögerte und ein verbitterter Ausdruck zog über sein Gesicht.

„Ich wohne nicht zu Hause."

Ich schwieg und wartete.

„Ich habe mir ein Hotelzimmer genommen, weil es unerträglich für mich war, in diesem auf Hochglanz polierten Museum zu wohnen. Aber bei meinen Eltern wollte ich grad auch nicht sein." Er machte eine Pause. „Versteh mich nicht falsch. Ich liebe meine Eltern. Aber im Moment würde mich die Fürsorge meiner Mutter wahrscheinlich wahnsinnig machen. Also habe ich mein Keyboard mitgenommen und bin ins Hotel gegangen, sodass ich weiter an meinen Songs arbeiten kann ... ungestört."

Irgendwie überraschte mich das nicht. Allerdings zeigte es mir auch, dass er auf der Flucht vor seiner Vergangenheit war. Was würde er brauchen, um diese abzuschütteln?

Dich!, piepste ein Stimmchen in meinem Kopf.

Kurze Zeit später waren wir am Ziel. Das dreistöckige Haus, vor dem wir ausstiegen, war weiß getüncht. Die Vertikal-Schiebefenster in ihren dunklen Rahmen zeigten sich in dem für England so typischen Design: dunkel getöntes Glas in Bleiglasoptik. In großen goldenen Lettern stand „THE MAYFLOWER" über dem Eingang. Vor den Fenstern leuchteten Blumen in allen Farben, und die Tür stand einladend offen.

Joseph führte mich hinein. Drinnen war es schummrig und duftete nach Essen.

Auch die Inneneinrichtung bestand komplett aus dunklem Holz, dem man trotz liebevoller Renovierung sein Alter ansah.

Joseph trat an die Bar, ein korpulenter Mann mittleren Alters und grauem Vollbart blickte auf, und seine Augen weiteten sich erstaunt. Dann erhellte ein Lächeln sein Gesicht, und er reichte Joseph über den Tresen die Hand, um ihn zu begrüßen.

„Jo! Wie schön, dich zu sehen. Wie geht es dir? Hast uns ja ganz schön in Atem gehalten!"

Joseph setzte gerade zu einer Antwort an, als jemand hinter uns quiekte. Eine zierliche, blonde Frau stürzte auf Joseph zu und warf sich in seine Arme. Sie begrüßten sich mit einem Kuss auf jede Wange.

„Jo! Ich habe mir solche Sorgen gemacht! Wie geht es dir?" Sie schaute ihn fragend an, dann bemerkte sie mich, löste sich von ihm und trat mit einem neugierigen Blick auf mich einen Schritt zurück. Joseph räusperte sich verlegen.

„Danke, es geht mir gut. Ich freue mich, euch zu sehen." Er machte eine Pause und trat an meine Seite.

„Jenny, Henry. Darf ich euch Annie vorstellen? Ohne sie hätte ich die letzten Wochen nicht überstanden."

Henry und Jenny begrüßten mich herzlich.

„Wir haben von der Verhaftung von Donna gehört. Die Presse hat sich in der letzten Woche reichlich darüber ausgelassen", wandte sich Henry nun wieder an Joseph.

„Ja, ich habe es auch gelesen", sagte Joseph mit gefurchter Stirn.

„Was ist passiert?", fragte Jenny leise.

Joseph winkte ab. „Ist 'ne lange Geschichte. Ich erzähl's euch später mal in Ruhe."

„Ok." Henry drückte Joseph die Speisekarte in die Hand. „Macht's euch draußen gemütlich, Jenny ist gleich für euch da."

Auf dem Weg durch den Pub auf die Terrasse sah ich mich unauffällig um. An allen Wänden hingen Bilder, Urkunden, Seefahrer-Trophäen, Seekarten und sogar halbe Fässer. Dunkle, fast schwarze Balken durchzogen die Räume, an manchen sah ich kunstvolle Schnitzereien. Roter Putz an den Wänden wechselte sich mit Backsteinmauern und Holzverkleidungen ab.

In die Wände eingelassene Holzbänke mit bunten Kissen, dunkle Ledercouches und gepolsterte Hocker luden zum Verweilen ein. Es war eine gemütliche Atmosphäre, und ich begann zu verstehen, warum die Briten ihre Pubs so liebten.

Joseph führte mich nach draußen zu einem Tisch direkt an der Brüstung der Terrasse, wo ich überrascht stehenblieb.

„Ist das die Themse?"

„Ja. Schön, nicht?"

„Ich bin überrascht. Das hätte ich jetzt nicht erwartet."

Der Abend war mild, aber von der Themse zog eine kühle Brise herauf. Ich war froh, dass ich mich für meine schwarze Lieblings-Jeans und einen warmen Pullover entschieden hatte. Trotz der dicken Kleidung spürte ich seine Wärme, als er sich neben mich setzte.

„THE MAYFLOWER ist mein Lieblingspub. Hier komme ich oft her, um ungestört zu arbeiten."

Das konnte ich mir gut vorstellen, vor allem im Sommer musste es hier schön sein. Überall hingen Ampeln mit bunten Blumen darin, und an der Außenseite der Brüstung wehte der Union Jack.

Jenny stellte vor uns zwei Gläser dunkles Bier ab.

„Ein Willkommen-Zurück-Gruß von uns", erklärte sie lächelnd, dann nahm sie unsere Bestellung auf und verschwand wieder im Pub.

Joseph wirkte ehrlich überrascht, freute sich dann aber und griff nach seinem Glas.

„Cheers Annie."

Ich verkniff mir einen Kommentar, wollte ihm diesen Moment nicht verderben. Ein Glas Bier war unter diesen Umständen trotz seiner starken Schmerzmittel vertretbar.

Also prostete ich zurück und nahm ebenfalls einen herzhaften Schluck.

„Ist das Guinness?"

Er nickte und wischte sich Schaum von der Oberlippe.

„Ja, mein Lieblingsbier."

Er erklärte mir gerade, warum das Guinness so eine schöne Schaumkrone hatte, als Jenny uns das Essen brachte.

„Noch ein Bier, Jo?"

Joseph schüttelte er den Kopf.

„Nein, heute nicht. Nur ein Wasser – wegen der Schmerzmittel", erklärte er.

„Ach Gott! Natürlich, Wasser kommt sofort …"

Als wir wieder allein waren, flüsterte Joseph schmunzelnd: „Ich bekomme hier immer eine Sonderbehandlung. Normalerweise muss man sich seine Getränke selber holen und sofort bezahlen."

„Und warum du nicht?"

„Sie setzen sich immer mal an meinen Tisch, während ich arbeite, und halten ein Schwätzchen mit mir. Und da hat es sich so ergeben, dass sie mir Essen oder Trinken gleich mitbringen."

Jenny hatte inzwischen ein großes Glas Wasser vor Joseph abgestellt und sich zurückgezogen.

Während wir aßen, unterhielten wir uns über Gott und die Welt und kamen dabei vom Hundertsten ins Tausendste, bis ich plötzlich auf die Uhr sah.

„Oh, es ist schon spät. Ich muss nach Hause, Clare wartet auf mich."

Ein bisschen traurig sah er aus, weil es schon vorbei war. Aber ich wollte es auch nicht übertreiben, wobei ich zugeben musste, dass es bis jetzt ein wunderschöner Abend war. Ich hätte mich mit ihm noch stundenlang unterhalten können. Er war jemand, der unheimlich viel wusste und mich immer wieder mit einer humorvollen Bemerkung überraschte. Seine Sicht auf die Welt war einzigartig und durchgehend positiv. Das fand ich überaus erfrischend und angenehm. Daher fiel es auch mir schwer, den Abend zu beenden.

Ein Taxi brachte uns wieder zurück. Während der Fahrt fragte er mich, ob ich Lust auf ein weiteres Date hätte. Es schien ihm Ernst zu sein.

Ich fragte mich, ob ich das auch wollte. Und meine Antwort dazu fiel eindeutig aus. Joseph war ein sehr interessanter Mann, den man nicht nur auf seine Musik reduzieren konnte. Ich wollte mehr über ihn erfahren, bislang hatte ich, wie es mir schien, nur an der Oberfläche gekratzt.

Ich stimmte zu.

„Wieder nächsten Samstag?"

„Sonntag wäre mir lieber, da ich Samstag erst zurückkomme."

„Oh, du fährst weg?"

Und ich erzählte ihm, was ich vorhatte. Er wünschte Sammy und mir eine gute Reise.

Melancholisch sah ich den Lichtern des wegfahrenden Taxis nach. So schnell raste die Zeit in angenehmer Gesellschaft.

Hastings

Ich lag am Strand und ließ mir das Wasser um die Füße spülen. Der warme Wind spielte mit meinen Locken. Sammy hockte neben mir und wühlte klappernd in den Steinen. Zwischendurch zeigte er mir die, welche ihm besonders gut gefielen und die er dann in einen Beutel legte. Ich hatte ihm vorgeschlagen, dass wir ein paar besonders schöne Steine mit nach Hause nehmen und auf die Terrasse legen könnten. Die Idee fand er super und suchte nun wie ein Wilder nach den schönsten Exemplaren.

Gestern waren wir mit Rachel und ihren Enkelkindern in den Schmugglerhöhlen gewesen. Für die Kinder war es ein großartiges Erlebnis gewesen. Jedes Mal, wenn sie um eine Ecke kamen und etwas Neues entdeckten, quietschten sie auf. Sammy versteckte sich einige Male hinter mir, aber ich ermutigte ihn jedes Mal, es sich anzusehen. Am Abend war er so geschafft, dass er beim Essen fast eingeschlafen wäre.

Die Tage flossen gemütlich dahin, wir taten nur, wozu wir Lust hatten, und so war diese Woche schneller um, als uns lieb war. Morgen würden wir wieder nach Hause fahren. Sammy hatte ein wenig Farbe bekommen und sah richtig glücklich aus.

Auch ich hatte ein wenig Ruhe gefunden und konnte meinen Gedanken nachhängen. Natürlich wanderten diese immer wieder zu Joseph, der versuchte, sein Leben wieder in den Griff zu bekommen, das momentan aus dem Ruder zu laufen schien.

Rachel und ich bekamen durch die Zeitung mit, wie grausam und gemein die Presse sein Leben und seine derzeitige Situation sezierte.

Manchmal sprachen wir darüber, aber es war traurig für uns, das mit ansehen zu müssen.

Die Reporter und Fotografen verfolgten ihn und lichteten ihn in allen möglichen und unmöglichen Situationen ab. Er wirkte gehetzt und zog sich mehr und mehr zurück. Aber selbst dann war nicht Schluss.

Die Spekulationen beherrschten die Schlagzeilen der Zeitungen, als ob es nichts Wichtigeres gab, über das man berichten konnte.

Was würde mir Joseph am Sonntag erzählen?

Annika Lundgren

Die Katastrophe

Als ich nach unserer Rückkehr aus Hastings alles wieder weggeräumt hatte, schlug ich Sammy vor, ein Eis essen zu gehen. Wie erwartet war er Feuer und Flamme.

Mit ihm an der Hand machte ich mich auf den Weg zu dem kleinen Eisladen, wo wir schon öfter einen Zwischenstopp eingelegt hatten. Den Besitzer kannte ich mittlerweile und wusste, dass er das Eis nach einem alten Familienrezept selbst herstellte. Sammy war ganz verrückt nach dem Schokoeis, ich mochte Vanille am liebsten.

Als ich an der Reihe war, drehte ich mich zu Sammy um.

„Sammy möchtest du …"

Mir blieben die Worte im Hals stecken, als ich merkte, dass Sammy nicht mehr bei mir war.

„Sammy? Sammy!"

Ich stürmte aus dem Laden auf die Straße, aber auch auf dem Fußweg war von Sammy nichts zu sehen. In mir stieg Panik hoch … Er hatte sich noch nie weiter, als er Blickkontakt halten konnte, von mir entfernt! Ich lief zurück in den Laden, vielleicht hatte er sich nur irgendwo an der Auslage festgesehen, und ich hatte ihn nicht bemerkt, aber so sehr ich mich auch umschaute, ich konnte Sammy nirgendwo finden.

Panisch rannte ich wieder auf die Straße und fragte Passanten, ob sie einen kleinen Jungen mit braunen Locken, rotem Pullover und blauen Hosen gesehen hätten. Aber wen ich auch fragte, alle schüttelten nur bedauernd den Kopf und eilten weiter.

Inzwischen hatte auch der Besitzer des Ladens mitbekommen, dass etwas ganz und gar nicht in Ordnung war und eilte mir zu Hilfe.

Die Angst schnürte mir die Kehle zu, ich bekam keinen Ton heraus, und Tränen stiegen mir in die Augen. Wo war Sammy? Hatte er sich verlaufen? Er konnte doch keinen fragen, und er konnte auch niemandem etwas erzählen. Er war hilflos!

Wie konnte ich ihn nur aus den Augen verlieren? Ich raufte mir die Haare und wischte mir die Tränen aus dem Gesicht, dann holte ich tief Luft und begann, mich genau umzusehen, vielleicht war er nur ein paar Meter weiter an einem anderen Schaufenster stehen geblieben, weil ihn etwas interessierte …

Aber ich fand ihn nicht.

Ein hysterisches Schluchzen bahnte sich seinen Weg durch meine Lungen.

Der Eisverkäufer führte mich zu einem Stuhl vor dem Laden und ließ mich hinsetzen. Mit brennenden Augen starrte ich ins Nichts und war verzweifelt, als etwas Rotes meine Aufmerksamkeit auf sich lenkte.

„Sammy …", keuchte ich, dann sprang ich auf und schrie: „Sammy! Sammy! Sammy!"

Ich streckte meinen Arm in die Richtung aus, in die das Auto wegbrauste.

Ohnmächtig musste ich zusehen, wie es um die nächste Ecke bog und aus meinem Sichtfeld verschwand.

Ein Bild aber hatte sich in Millisekunden in mein Hirn eingebrannt: Sammy, beide Hände an die Scheibe gedrückt, mit offenem Mund und tränennassem Gesicht …

Mein Sammy, mein Sonnenschein – wurde gerade vor meinen Augen entführt. Mein Gehirn weigerte sich, diese Erkenntnis zu verarbeiten. Mein Kopf war leergefegt, es waren keine Gedanken mehr da, nur noch dieses schreckliche Bild von Sammy in dem Auto …

Mechanisch suchte ich Halt an dem Eisverkäufer, der neben mich getreten war und aufgeregt in sein Telefon sprach. Ich wusste nicht, mit wem er telefonierte, und wollte es auch nicht wissen. Ich wollte nur meinen Sohn zurück. Aber er war weg!

Kurze Zeit später wimmelte es in und um den Eisladen von Polizisten. Auch Inspector Blunt war mit einem Kollegen da und machte mich mit Charlotte bekannt. Sie war Psychologin und nahm sich meiner an.

Man stellte mir, dem Besitzer des Ladens und allen greifbaren Passanten Fragen. Aber alle führten zu dem gleichen Ergebnis. Niemand hatte etwas gesehen oder verwertbare Informationen.

Wer achtete schon auf ein kleines Kind? Warum sollten es Fremde tun, wenn nicht mal ich als Mutter es tat?

Charlotte merkte, dass ich kurz davor war, umzukippen. Sie sorgte dafür, dass mich ein Polizeiauto nach Hause brachte, und begleitete mich in meine Wohnung. Dort machte sie mir einen Tee und blieb an meiner Seite. Sie musste mich auch zugedeckt haben, denn als ich die Augen aufschlug, war mir zumindest körperlich nicht kalt. Mein Herz hingegen war ein einziger Eisklumpen.

Charlotte bereitete mich darauf vor, dass ich ein paar Fragen beantworten musste. Sie erklärte mir mit sehr viel Feingefühl, dass Inspector Gordon für Entführungen zuständig war.

„Er ist der Beste und leitet die Ermittlungen."

Als sich Inspector Gordon zu uns setzte, hielt sie meine Hand.

„Dr. Jonasson, haben Sie einen Verdacht, wer Ihren Sohn entführt haben könnte?"

Ich schüttelte den Kopf.

„Vielleicht ein Patient, der verärgert war?"

„Nein."

„Oder jemand, dem Sie nicht helfen konnten?"

„Nein."

„Gab es Konflikte in der letzten Zeit? Vielleicht mit Lieferanten, Nachbarn, Kollegen, Bekannten oder auch mit Familienangehörigen?"

„Nein. Ich habe keine unzufriedenen Patienten gehabt, habe niemandem Schaden zugefügt." Ich stockte und überlegte, was er mich noch gefragt hatte. „Ich lebe sehr zurückgezogen und hatte nie engeren Kontakt zu irgendjemandem. Und meine Familie scheidet auch aus. Sie leben alle in Schweden. Wir telefonieren nur gelegentlich miteinander. Ich weiß wirklich nicht, wer mich so hassen könnte, dass er meinen Sohn ..."

Weiter kam ich nicht, da mir die Luft zum Atmen fehlte.

„Eine letzte Frage noch. Wer wusste alles von Ihrem Sohn?"

Ich zählte ihm die Namen auf. Viele Menschen waren es nicht.

„Unser Kindermädchen Clare, ihre Mutter, natürlich mein Personal und ... Joseph Silver."

„Joseph Silver? Könnte er ...?"

„Nein!", brach es aus mir heraus. „Was sollte er für einen Grund haben?"

Gordon seufzte.

„Ich weiß es nicht, die Gründe erschließen sich uns nicht immer sofort. Aber wir müssen alle Spuren verfolgen und jede Möglichkeit prüfen. Das verstehen Sie sicherlich."

„Ja, natürlich. Aber ich kann mir beim besten Willen nicht vorstellen, dass Joseph etwas damit zu tun haben könnte. Er hat genug eigene Probleme."

„Nun, belassen wir es für den Moment dabei."

Charlotte brachte mir einen heißen Tee und legte eine Decke um mich, da ich wie Espenlaub zitterte.

Joseph

Kurze Zeit später kam Clare mit ihrer Mutter in die Wohnung an. Beide wurden sofort von Gordon befragt, doch wie erwartet konnten sie nichts dazu sagen, auch nicht, ob sie einen Verdacht hegten. Als Clare fertig war, kam sie zu mir, Tränen in rotgeweinten Augen.

Sie sagte nichts, sie kannte mich zu gut. Worte würden mir jetzt nichts nützen, aber sie war bei mir und gab mir Halt. Ihre Mutter durfte nach der Befragung wieder nach Hause.

Plötzlich wurde es noch hektischer, und Charlotte erklärte mir in ihrer ruhigen Art, was gerade um mich herum passierte.

„Inspector Gordon lässt gerade dein Personal befragen. Außerdem versucht er, Joseph Silver zu erreichen. Die Techniker richten eine Fangschaltung für den Lösegeldanruf ein, und vor deiner Wohnungstür wurden Wachleute postiert."

Ihr Bericht klang zwar nüchtern, aber gerade das lenkte mich von meinem Kummer ab.

„Lösegeldanruf?", fragte ich verständnislos.

„Davon müssen wir erst mal ausgehen, so lange wir nichts Genaueres wissen."

Ich nickte mechanisch.

Gordon hockte sich vor mich hin und fragte mit ernstem Blick: „Joseph Silver ist nicht in seiner Wohnung. Wissen Sie, wo wir ihn erreichen können?" Sein Blick verriet gar nichts, aber ich wusste sofort, wonach das klang.

„Er wohnt momentan in einem Hotel", sagte ich schwach.

„In welchem?"

Ich zuckte die Schultern, darüber hatten wir nicht gesprochen. Aber dann fiel mir etwas ein, und ich stand mit zittrigen Beinen auf, um meine Handtasche zu holen, fischte den Zettel mit seiner Telefonnummer heraus und hielt ihn Gordon hin.

„Das ist Josephs Telefonnummer."

Er sah mich nachdenklich an, ergriff dann die Notiz, zog sein Telefon aus der Hosentasche und wählte Josephs Nummer.

Es war ein kurzes Telefonat. Dann schickte er zwei seiner Leute los, um Joseph im Hotel abzuholen.

Jetzt würde ich ihn also wiedersehen, aber so hatte ich mir das nicht vorgestellt.

Charlotte überzeugte mich in der Zwischenzeit, eine Kleinigkeit zu essen, und Clare sprang auf, froh, endlich etwas für mich tun zu können.

Nach dem Essen setzte sich Inspector Gordon zu mir an den Tisch und drückte mir einen kleinen Gegenstand in die Hand, Sammys Laster. Seine Leute hatten ihn in einer Seitenstraße um die nächste Ecke gefunden.

Mir schossen die Tränen in die Augen, als ich sein Spielzeug in die Hand nahm, und mich daran erinnerte, wie wir es gekauft hatten. Da war er noch bei mir und unser Leben noch in Ordnung.

Gordon legte seine große warme Hand auf meine, die eiskalt war, und versprach mir, dass er alles dafür tun würde, Sammy zu finden. Ich war froh, dass er das

Wort „lebend" nicht aussprach, das hätte mir wahrscheinlich den Rest gegeben.

„Wir haben Dean und May bereits befragt und ihre Aussagen aufgenommen. Die Alibis prüfen meine Leute gerade. Allerdings ist Rachel nicht zu Hause. Wissen Sie, wo sie sich aufhalten könnte?"

„Ja, sie ist in Hastings bei ihrer Tochter. Ich habe sie dort letzte Woche besucht und bin heute früh erst wieder zurückgekommen."

„Danke. Wir prüfen das."

Als er weg war, erklärte mir Charlotte leise: „Alle Personen, die Kontakt zu dir hatten, werden befragt. Sie prüfen auch, wo sie sich zum Zeitpunkt der Entführung aufgehalten haben. Das ist die normale Vorgehensweise bei Entführungen."

Ich nickte, war mir aber ziemlich sicher, dass sie bei keiner der Personen etwas finden würden. In dieser Hinsicht vertraute ich allen, sogar Joseph, den ich nun wirklich noch nicht lange kannte. Aber ich hatte zu keinem Zeitpunkt gespürt, dass er unaufrichtig oder falsch war, im Gegensatz zu Donna.

Meine Gedanken wanderten wieder zu Sammy. Ich verlor mich in den Bildern, die meine Erinnerung gnädigerweise für mich produzierte: von seiner Geburt bis heute. Ich sah seine ersten tapsigen Schritte. Seine Grübchen, wenn er lachte. Wie er seine Nase kraus zog, wenn er nachdachte. Wie seine Zunge im Mundwinkel erschien, wenn er sich konzentrierte. Sein kummervoller Blick, wenn er wieder mal einen Alptraum hatte und weinte. Es war ein buntes Kaleidoskop an Momenten, die mein Leben bereichert hatten. Und plötzlich war er weg – und mit ihm meine gesamte Energie und mein erst kürzlich wiedergewonnener Optimismus.

Am frühen Nachmittag klingelte es und zwei Polizisten betraten mit einem sichtlich beunruhigt dreinblickenden Joseph meine Wohnung. Unsere Blicke trafen sich und ich konnte tausend Fragen darin erkennen, aber es war keine Zeit, diese zu beantworten.

Gordon stellte sich vor und schilderte kurz den Sachverhalt, woraufhin Joseph mich anschaute. Schmerz und Mitgefühl standen ihm ins Gesicht geschrieben.

Er folgte dem Inspector ins Gästezimmer. Durch den Türspalt konnte ich alles mit anhören. Aber es war wie erwartet. Joseph klang geschockt und hatte keinen Verdacht, wer Sammy entführt haben könnte. Er hatte den ganzen Tag im Hotel verbracht, das konnten die Angestellten des Hotels bestätigen. Noch ein paar Fragen mehr, dann war es auch schon vorbei.

Plötzlich fing mein Telefon zu klingeln an, und das Display leuchtete auf: „Unbekannte Nummer". Für eine Millisekunde war es mucksmäuschenstill, dann folgte alles einem festgelegten Procedere. Charlotte eilte an meine Seite, Gordon stand auf der anderen und hielt mein Telefon in der Hand. Schließlich gab er es mir, damit ich rangehen konnte.

„Hallo?"

Ruhe.

„Hallo? Wer ist da?"

Ein leises Atmen im Hintergrund, dann endlich erklang eine männliche, elektronisch verzerrte Stimme.

„Wir haben Ihren Sohn."

„Wo ist er? Geht es ihm gut? Kann ich ihn sprechen?"

Keine Antwort, nur wieder das Atmen.

„Wie geht es ihm? Bitte ... bitte, sagen Sie es mir."

„Er lebt."

Oh Gott, er lebte! Ich schluckte die Tränen in meiner Kehle hinunter und besann mich auf die Instruktionen von Gordon.

„Was wollen Sie von mir?"

„3 Millionen Pfund."

Ich keuchte auf.

„3 Millionen Pfund! So viel Geld habe ich nicht."

„3 Millionen Pfund. Ist Ihnen Ihr Sohn nicht so viel wert?"

„Doch, natürlich ..." Er hatte mich völlig aus dem Konzept gebracht.

„3 Millionen Pfund oder Sie sehen Ihren Sohn nie wieder!"

„Nein! Nicht ... nicht Sammy!"

„Wir melden uns wieder."

„Warten Sie, kann ich ..."

Doch die Leitung war schon tot.

Dieser Anruf hatte jegliche Energie aus meinem Körper gesaugt. Mein Handy rutschte mir aus der Hand und ich hörte mich wie aus weiter Ferne sagen: „Er hat aufgelegt."

Ich zitterte am ganzen Leib und fror erbärmlich. Charlotte wickelte mich in eine Decke ein.

„Annie, das hast du gut gemacht. Sie haben das Signal verfolgen können. Jetzt müssen wir abwarten."

Nach einer gefühlten Ewigkeit wurde ich langsam ruhiger und konnte wieder klar denken. Mein Blick suchte Gordon, der gerade mit dem Techniker sprach.

Dann kam er zu mir.

„Wir konnten das Handy orten, die Streifenkollegen sind schon unterwegs, aber wir fürchten, dass es ein Wegwerfhandy war, die Nummer wurde erst heute Morgen aktiviert."

Sein Telefon klingelte. Nach einem kurzen Gespräch bestätigte sich seine Vermutung. Das Wegwerfhandy wurde in der Mülltonne neben einem Hauseingang gefunden.

Er wirkte weder überrascht noch verärgert. Zu viele Jahre als Inspector hatten ihm ein Gespür dafür gegeben, was man erwarten konnte und was nicht.

Er sprach kurz mit Charlotte, dann setzen sich beide zu mir an den Tisch.

„Wir müssen mit dir über Sammy reden. Die Einsatzkräfte müssen über ihn Bescheid wissen, damit sie richtig reagieren können", sagte Charlotte sanft.

„Was müssen sie wissen?"

„Krankheiten, spezielle Bedürfnisse oder andere Besonderheiten. Alles, um ihn nicht zu gefährden und nach der Befreiung versorgen zu können.", führte Gordon näher aus.

Ich überlegte kurz.

„Sammy hat vor 2 Jahren bei einem Verkehrsunfall seinen Vater verloren. Er war dabei und wurde leicht verletzt. Aber seit diesem Unfall spricht er nicht mehr, hat fast jede Nacht Albträume und Angst vor lauten, knallenden Geräuschen."

Charlotte hatte währenddessen meine unkontrolliert zitternden Hände in ihre genommen. Ihre Wärme wirkte beruhigend.

„Ich gebe es weiter. Danke für Ihr Vertrauen."

Gordons Blick war tatsächlich warm und mitfühlend.

Charlotte drückte mir ein Taschentuch in die Hand. Mir war gar nicht aufgefallen, dass mir schon wieder die Tränen liefen, als ich über Sammy gesprochen hatte.

Gordon griff wieder zu seinem Telefon und instruierte sein Einsatzkommando über Sammys Besonderheiten. Seine Anweisungen waren effizient, klar und eindeutig.

Aus dem Augenwinkel sah ich Joseph auf mich zukommen, doch bevor er mich erreicht hatte, klingelte sein Handy. Er stoppte und schaute auf das Display, dann zog er die Stirn kraus und nahm das Gespräch an.

„Hey, es ist grad ungünstig. Kann ich dich ..."

-

„Was?"

-

„Ist der verrückt?"

-

„Ich kümmere mich drum. Danke für die Info."

-

„Erzähle ich dir später."

Mit einem kurzen Seitenblick zu mir beendete er das Gespräch und tippte etwas auf seinem Handy. Dann war er schon ins nächste Gespräch vertieft und verschwand mit angespannten Schultern in der Küche.

Er schien sehr aufgebracht zu sein, da ich jedes Wort verstand, als er seinen Gesprächspartner am anderen Ende hatte. Ohne Einleitung legte er sofort los.

„Was hast du dir dabei gedacht, sie auf Kaution freizulassen?"

-

„Und ob es mich was angeht! Sie ist ein manipulatives Miststück!"

-

„Wenn ich was wüsste?"

-

„Sie ... erpresst dich? Womit?"

-

„Oh mein Gott! Und deshalb schnüffelst du in meinem Privatleben rum?"

-

„Du hast was? Bist du verrückt? Weißt du, was du mir damit antust?"

-

„Weißt du was? Fahr zur Hölle!"

Gordon hatte den letzten Teil des Gespräches mit angehört und sah Joseph alarmiert an, als der aus der Küche zu uns trat. Mit einem unsicheren Blick in meine Richtung wandte er sich an Gordon.

„Ich habe Informationen, die Ihnen weiterhelfen dürften."

„Ich höre."

„Staatsanwalt Walker hat Sammy entführt.", kam er gleich zum Kern der Sache.

„Wieso?"

„Donna Caban erpresst ihn mit intimen Fotos. Zuerst hat er sie auf Kaution freigelassen, dann hat er mich bespitzeln lassen und als er eine Verbindung von mir zu Annie gefunden hatte, hat sie dafür gesorgt, dass er ihren Sohn entführt."

Mir wurde schwarz vor Augen. Das waren zu viele Informationen auf einmal, aber eine stach mir wie ein Messer ins Herz. Jetzt, wo ich alles gehört hatte, zählte ich eins und eins zusammen.

Auf die Information, dass mein Sohn entführt worden war, hatte er gefragt, was er IHM damit antut. Nicht etwa mir, sondern IHM.

Ich fiel in ein tiefes Loch.

Annika Lundgren

Annie

Gordon war die Effizienz in Person und erteilte mit klarer Stimme Anweisungen.

Clare übersetzte mir wieder die Aktionen: „Er weist jetzt das Eingriffskommando an, wo der Einsatz stattfindet und wer das Ziel ist, gegebenenfalls noch Besonderheiten über die Gefährlichkeit. Die Ärzte und Psychologen sind alarmiert und haben die Informationen über Sammy bereits erhalten, damit sie sich vorbereiten konnten."

Ich knautschte das Taschentuch in meinen Händen und lauschte ihre Ausführungen. Dann sprang ich auf und lief zu Gordon.

„Ich möchte mitkommen, bitte. Damit Sammy ...“

Sein Blick war teilnahmsvoll, als er mir seine Hände um die Oberarme legte und mit leiser Stimme sagte: „Dr. Jonasson, das ist aus vielen Gründen nicht möglich und könnte Ihren Sohn und Sie in ernsthafte Gefahr bringen. Lassen Sie uns bitte unsere Arbeit machen und warten Sie hier.“

Mein Blick verschwamm, als ich wortlos nickte und zu Charlotte zurück stolperte. Sie umfing mich und führte mich zur Couch.

„Annie, wir haben speziell ausgebildete Ärzte und für Sammy einen Kinderpsychologen im Einsatz. Sie wissen sehr genau, wie du dich fühlst und wie sie mit Sammy umgehen müssen. Er ist nach seiner Befreiung bei ihnen in den besten Händen.“

Ich nickte und verstand, dass es so das Beste war. Charlotte stellte mir einen heißen Tee vor die Nase und forderte mich auf, ihn zu trinken.

„Hey Annie“, sagte Joseph und setzte sich neben mich.

„Wie geht es dir?“

„Was denkst du, wie es mir geht?“

„Ich kann es mir nicht wirklich vorstellen, ich war noch nie in so einer Situation. Ich kann es nur vermuten."

„Nein, das kannst du nicht!"

Meine heftige Reaktion überraschte ihn.

„Du bist aufgebracht."

„Ja, das bin ich, stell dir vor!" Wütend blitzte ich ihn an. Er hob abwehrend die Hände.

„Und warum lässt du das an mir aus? Habe ich dir etwas getan?"

„Ja, das Telefonat vorhin hat mir gezeigt, wo deine Prioritäten liegen."

„Was für Prioritäten? Ich ... ich verstehe nicht, was du meinst."

Mir platzte der Kragen und ich warf ihm alles an den Kopf, was mir dazu einfiel: „Weißt du was Joseph? Sie hat ein wehrloses Kind, meinen Sohn, entführen lassen. Und du machst dir Sorgen um dich, was sie dir angetan hat? Das ist erbärmlich!"

„Annie, so ist das nicht." Er fuhr sich verzweifelt durch die Haare.

„Wie ist es denn dann?"

„Es ist ... kompliziert!"

„Kompliziert? Dann ist das hier wohl einfach?", fragte ich mit einer Geste in den Raum voller Polizisten, während mir die Tränen über das Gesicht strömten.

„Nein, natürlich nicht! Annie, ich ..."

„Lass mich in Ruhe, Joseph! Geh und bring dein Leben in Ordnung, aber lass mich da raus!"

Ich wandte mich ab und schloss meine Augen.

Wenige Augenblicke später fiel die Wohnungstür ins Schloss. Als ich aufschaute, war er weg, für immer. Und ich war allein – und fühlte mich schrecklich!

Etwas später kehrte Clare von ein paar Besorgungen zurück und steuerte direkt auf mich zu.

„Warum ist Joseph eben aus deiner Wohnung gestürzt?"

„Er ist gegangen. Er muss sein Leben in Ordnung bringen", sagte ich sarkastisch.

„Was? Sein Leben? Wieso? Annie, was ist passiert?"

Ich seufzte und erzählte ihr, was vorgefallen war.

„Was hat er genau und zu wem gesagt?"

„Er hat mit dem Staatsanwalt, der Donna auf Kaution freigelassen hat, telefoniert und als er von Sammys Entführung erfahren hat, hat er gesagt: *Weißt du, was du mir damit antust?* Es tat so weh, diese Worte zu hören."

„Annie, dieser Satz kann alles bedeuten! Weißt du denn, was er damit wirklich gemeint hat?"

„Ich weiß nur, was ich gehört habe, aber es ist jetzt auch nicht mehr wichtig."

„Hast du in Betracht gezogen, dass er damit vielleicht seine Freundschaft zu dir gemeint haben könnte."

Ich schüttelte den Kopf und schwieg. Bisher war das für mich nie ein Thema gewesen. Konnte das denn wirklich sein? Wenn ja, dann hatte ich womöglich den größten Fehler meines Lebens begangen. Aber ich konnte es nun nicht mehr ändern. Er war weg.

Ich zuckte die Schultern und versuchte, sie von diesem Thema abzulenken.

„Als du weg warst, kam der Lösegeldanruf. Und jetzt ist Gordon mit seinen Leuten draußen, um Sammy zu befreien."

Sie drang nicht in mich, aber ich wusste, dass sie gern alles wissen wollte. Und da ich gerade nichts anderes zu tun hatte, erzählte ich es ihr.

Als ich ihr alles gesagt hatte, saßen wir schweigend beieinander und hingen unseren Gedanken nach. Ich fragte mich, wie lange es wohl noch dauern würde, bis ich meinen Sohn wieder in meine Arme schließen konnte.

Wie fühlte er sich jetzt? Er war doch noch nie allein gewesen. Wer weiß, was ihm dieser Staatsanwalt antun würde!

Doch ehe ich mir darüber weiter Gedanken machen konnte, die mich zweifellos in den Abgrund gezogen hätten, hörte ich, wie Gordon mit seinen Leuten zurückkehrte. Ich sprang auf, aber als ich Gordons Gesicht sah, krampfte sich mein Magen zu einem Klumpen zusammen.

Er schüttelte den Kopf und sah müde und abgespannt aus. Er winkte Charlotte heran, und wieder einmal saßen wir um den Tisch, während er erzählte, was passiert war.

„Er war nicht bei Staatsanwalt Walker. Er muss jemanden mit der Entführung von Sammy beauftragt haben. Wahrscheinlich ist Ihr Sohn bei dieser Person."

„Und was nun?"

Er rieb sich müde das Gesicht.

„Wir haben Walker verhaftet, er wird jetzt von Spezialisten verhört. Ich denke, dass er es uns nicht leicht machen wird. Seine Karriere ist sowieso ruiniert, jetzt ist ihm alles egal. Er schützt wahrscheinlich nur noch das, was diese Donna gegen ihn in der Hand hat."

Er stand auf und streckte sich.

„Aber wir versuchen auf allen Schienen, an diese Informationen zu kommen. Vielleicht gibt er dann auf und arbeitet mit uns zusammen."

In meinem Kopf drehte sich alles. Wollten die wirklich warten, bis dieser Kerl auspackte?

Als ich ihn das fragte, schüttelte er den Kopf.

„Nein, natürlich nicht. Meine Leute durchforsten sein Umfeld, checken seine Anrufe, prüfen wo er sich aufgehalten hat und mit wem. Sie verfolgen selbst die kleinsten Spuren und suchen mit Hochdruck nach der Person, mit der er zusammengearbeitet hat."

Sein Telefon klingelte, es war ein kurzes Gespräch.

„Donna wurde auch gerade verhaftet. Sie wird nicht noch einmal auf Kaution rauskommen", sagte er mit grimmigem Blick.

Na, wenigstens was!, dachte ich sarkastisch.

Charlotte stellte eine Tasse Tee vor mir ab und wollte wissen, wie ich mich fühlte.

„Ich habe Angst, dass ich ihn verliere. Ich habe schon meinen Mann verloren. Wenn Sammy ..." Ich schluchzte. „Ich weiß nicht, ob ich noch so einen Verlust verkraften kann."

Sie nahm wieder meine kalten Hände in ihre und ermutigte mich, die Hoffnung nicht aufzugeben, Gordon und seine Leute taten alles, was nötig war und zu Sammys Rückkehr führen würde.

Ich war ihr dankbar, für die leisen Worte, mit denen sie mich beruhigte.

„Geh ins Bett Annie und schlaf etwas. Heue können wir hier nichts mehr tun. Und morgen sehen wir weiter. Ich bleibe bei dir und bin für dich da."

Das war wohl das Beste. Ein wenig Schlaf würde mir guttun. Dass ich allerdings Angst vor einem Albtraum hatte, sagte ich ihr nicht.

-oOo-

Inspector Gordon kam mit federndem Schritt auf mich zu und stoppte direkt vor mir. Sein Gesichtsausdruck war ernst, aber es lag auch eine Traurigkeit darin, die mich zu Eis erstarren ließ.

Er reichte mir die Hand und begrüßte mich förmlich.

„Dr. Jonasson?"

„Ja?" Meine Antwort war kaum mehr als ein Flüstern.

„Wir haben Sammy gefunden."

In mir waren alle Nerven zum Zerreißen gespannt.

„Aber?", fragte ich ungeduldig, weil sein Satz genau diese Frage implizierte.

Gordon fühlte sich ganz offensichtlich sehr unwohl in seiner Haut und rieb sich die Hände, Schweißperlen bildeten sich auf seiner Stirn, und er trat nervös von einem Fuß auf den anderen.

„Er ist ... ähm ... wir waren ..."

Er kämpfte um die richtigen Worte und brachte keinen zusammenhängenden Satz heraus. Seine Unsicherheit konnte nur eines bedeuten ...

„Er ist tot?", flüsterte ich.

Gordon nickte, große Traurigkeit in seinem Blick.

„Er ist tot", murmelte ich zu mir selbst, und mir wurde eiskalt ums Herz.

Wie ein Schwert traf mich der Schmerz unvorbereitet und mit voller Wucht. Es war wieder wie damals. Es wiederholte sich. Es gab keine Erlösung für mich, keine Rettung, kein Happy End. Das Leben war grausam, und mein Herz spürte das Ende. Doch mein Körper wollte auch dieses Mal nicht kampflos aufgeben.

Ich warf den Kopf in den Nacken, und meiner Kehle entrang sich ein Schrei, der nichts Menschliches mehr an sich hatte. Ich schrie meinen ganzen Schmerz und mein Leid in die Welt hinaus – dann erwachte ich.

Charlotte stürzte in mein Schlafzimmer und kniete sich neben mein Bett. Ihre Hände suchten meine, um sie festzuhalten. Sie murmelte beruhigende Worte.

Ich war so froh, dass sie da war und mich auffing, und barg mein Gesicht in ihrer festen Umarmung. Sie wiegte mich wie ein kleines Kind, wie ich auch Sammy gewiegt hätte. Und langsam ebbte mein Weinkrampf ab.

Aber der Schock, was sein könnte, saß mir tief in den Knochen.

Nachdem ich mich frisch gemacht hatte, schleppte ich mich in das Wohnzimmer. Clare hatte für alle etwas zum Frühstück vorbereitet, und Charlotte animierte mich, wenigstens eine Kleinigkeit zu essen.

In meiner Wohnung herrschte wieder eine so emsige Betriebsamkeit, dass ich am liebsten geflohen wäre.

Irgendjemand drehte plötzlich das Radio auf volle Lautstärke, so dass es überall zu hören war.

„... tauchten jetzt kompromittierende Bilder des Staatsanwaltes Thomas Walker mit Donna Caban, der Ex-Verlobten von Joseph Silver, auf. Wie aus Insider-Kreisen bekannt wurde, hat sie ihn damit erpresst, um auf Kaution freizukommen. Sie war verhaftet worden, als bekannt wurde, dass sie dafür gesorgt hatte, dass Joseph Silver brutal zusammengeschlagen wurde. Die Polizei ermittelt in dieser Sache."

Es folgten andere Nachrichten, das Radio wurde wieder leiser gedreht.

Gordon, der aufmerksam zugehört hatte, sah mir in die Augen und nickte zufrieden. Jetzt hatte Walker nichts mehr, hinter dem er sich verstecken konnte.

Und wie aufs Stichwort klingelte sein Telefon.

Kurze Zeit später bellte er seine Befehle in die Runde, nickte mir noch einmal zu und war mit seinen Leuten verschwunden.

Charlotte ergriff meine Hand und sagte hoffnungsvoll: „Wahrscheinlich hat Walker ihnen die Informationen gegeben, mit wem er zusammengearbeitet hat und bei wem Sammy sich aufhält. Der Zugriff erfolgt genauso, wie es für gestern Abend geplant war."

Unruhig wie ein Tiger im Käfig lief ich immer wieder durch die Wohnung, hob hier etwas auf und richtete da etwas neu, immer mit dem Bestreben, mich abzulenken, um nicht wahnsinnig zu werden, während ich wartete.

Als ich zum dritten Mal auf der Kommode die Kerzen neu arrangierte, kam Charlotte zu mir und griff nach meinen Händen.

„Komm, setzen wir uns. Erzähl mir bitte, was wird das erste sein, was du tust, wenn Sammy wieder da ist."

Diese Frage traf mich völlig unvorbereitet. In dem Kummer seit seiner Entführung hatte ich an alles Mögliche gedacht und mir alle möglichen schrecklichen Szenarien ausgemalt. Aber in keinem Moment hatte ich mich gefragt, wie wohl die ersten Minuten verlaufen könnten, wenn er wieder zu Hause war.

Als ich ihr dies sagte, meinte sie: „Daran denkt niemand bei einer Entführung. Fast alle befürchten insgeheim das Schlimmste. Aber wenn du darüber nachdenkst, lenkt es dich zum einen für einen Augenblick von deinem Kummer ab, und zum anderen gibt es dir Hoffnung. Also, wie stellst du dir das Wiedersehen vor?"

Ich dachte nach, aber es überstieg im Moment meine Fantasie, wie dieser Moment aussehen könnte. Aber wenn ich daran dachte, wie er sich immer gefreut hatte, wenn ich von Arbeit kam, dann könnte es jetzt ähnlich sein – oder?

„Ich könnte mir vorstellen, dass er im besten Fall zu mir gerannt kommt und sich in meine Arme wirft und wir uns erstmal minutenlang festhalten ..." Ich hob ratlos die Schultern.

„Was wirst du mit ihm gemeinsam tun?"

„Er sitzt gern auf meinem Schoß und schaut sich sein Wimmelbuch an. Er liebt es, wenn er auf etwas zeigt, und ich ihm dazu eine Geschichte erzähle."

„Und was noch?"

„Er puzzelt gern und spielt mit seinem Laster. Wir besuchen sehr oft den Spielplatz im Hof, wo er sich austoben und im Sandkasten buddeln kann. Manchmal gehen wir auch ein Eis ..." Die Worte blieben mir im Hals stecken, denn da hatte die Katastrophe begonnen.

Charlotte bemerkte meinen Stimmungsumschwung und griff sofort ein, lenkte mich von diesem Thema zu einem anderen und brachte mich dazu, mich auf andere Momente zu konzentrieren.

Und aus dieser kleinen Frage, was ich tun würde, wenn Sammy wieder da wäre, wurde ein sehr langes Gespräch, in welchem wir auch über Sammys und meine Albträume, die Ursachen dafür und mögliche Ansätze einer Trauma-Therapie sprachen.

Sie lenkte geschickt den Fokus immer wieder auf meine Gefühle und Erlebnisse, ließ mich tiefer in meine Erinnerungen und meine Vergangenheit eintauchen. Mit ihr an meiner Seite holte ich seit langem verschüttet geglaubte emotionale Momente ans Licht.

Schließlich führte sie mich über einige weitere Fragen wieder zum Ausgangspunkt unseres Gespräches zurück.

Schweigend saß sie nun neben mir und beobachtete mich genau. Ich fühlte in mich hinein und staunte.

Die Angst um Sammy war immer noch da. Sie saß wie ein Stein in meinem Magen und drückte mein Herz ab. Aber ich hatte dennoch den Eindruck, als würden einige meiner Wackersteine, die ich mit mir herumgetragen hatte, verschwunden sein. Nicht alle, aber immerhin.

„Wir können gern weiter daran arbeiten, aber für den Augenblick ... oh!"

Und in diesem Moment hörte ich es auch: Kinderfüße, die vor der Wohnungstür herumtrappelten. Dann öffnete sich die Tür und Sammy kam an der Hand einer Polizistin herein.

Ich schlug mir die Hand vor den Mund und versuchte, meine Tränen zurückzuhalten, als ich aufsprang, um ihn in Empfang zu nehmen.

Als er mich sah, glänzten seine Augen vor Freude und Erleichterung. Er ließ die Polizistin los und stürzte auf mich zu. Ganz wie ich es mir vorgestellt hatte, flog er zu mir und warf sich in meine Arme. Er schmiegte seinen kleinen Körper an mich und legte seine Ärmchen um meinen Hals. Ich hob ihn hoch und drückte ihn fest an mich.

Aber dann geschah etwas, mit dem ich nie im Leben gerechnet hätte. Und vor allem nicht in dieser Situation.

„Mami, nicht so fest."

Ich erstarrte. War das möglich, dass er soeben etwas gesagt hatte?

„Was ..."

„Mami", sagte er wieder und streichelte mit seiner Hand meine Wange, dann zeigte er auf seine Nase und bewegte seinen Kopf von links nach rechts.

„Du willst Nasereiben?"

„Ja."

Und wir rieben unsere Nasen aneinander, wie wir es immer getan hatten, wenn es Trost zu spenden gab. Und ich weinte – vor Glück!

Als Sammy etwas später völlig geschafft in seinem Bett lag und schlief, saß ich mit Charlotte und Inspector Gordon zusammen. Ich konnte es immer noch nicht fassen, dass er wieder bei mir war – und dass er sprach! Seine Stimme war etwas rau, aber er sprach. Nicht viele Worte, aber immerhin.

Ich hatte mit der Ärztin gesprochen, die ihn in Empfang genommen und untersucht hatte. Sie sagte mir, dass er kerngesund war und keinen körperlichen Schaden genommen hatte. Die Psychologin, die ihn danach bis zu seiner Heimkehr betreut hatte, empfahl mir eine Therapie mit ihm, aber hauptsächlich für das Trauma, dass er bereits erlitten hatte. Ich versprach ihr, dass ich ihre Hilfe dabei in jedem Fall in Anspruch nehmen würde.

Ich war erleichtert, dass ich nun für mich und für Sammy jemanden hatte, mit dem wir diese Dinge endlich aufarbeiten würden.

Inspector Gordon berichtete mir von der Vernehmung des Staatsanwaltes. Sie hatten Walker mit den Fotos konfrontiert, die bereits in sämtlichen Medien die Runde machten. Er war zusammengebrochen und hatte ihnen alles gesagt. Und damit konnten sie den Entführer ergreifen und Sammy befreien.

„Der Hinweis, den wir von Joseph Silver erhalten haben, hat die Sache erheblich verkürzt. Bis dahin hatten wir keinen Anhaltspunkt, nach wem wir suchen sollten", meinte Gordon ernst.

Er schürte damit mein schlechtes Gewissen gegenüber Joseph, aber – nein! Das war nur Zufall, dass er die Info von seinen Freunden erhalten, Walker angerufen und der sich verplappert hatte. Seine Aussage stand nach wie vor zwischen uns. Das konnte ich ihm nicht verzeihen!

Am Nachmittag erinnerte nichts mehr an das Chaos, das hier noch vor wenigen Stunden geherrscht hatte. Einzig Charlotte war noch da und stand mir zur Seite.

„Weißt du, was ich nicht verstehe?"

„Was?"

„Wieso spricht Sammy plötzlich wieder? Bitte versteh mich nicht falsch! Ich bin überglücklich darüber. Aber warum haben all meine Bemühungen, ihm Sicherheit und Liebe zu geben nicht funktioniert, aber eine Entführung bringt ihn wieder zum Sprechen?"

„Ich gebe zu, dass ich das auch noch nicht erlebt habe. Aber ich könnte mir gut vorstellen, dass der Schreck der Entführung die Blockade in ihm gelöst haben könnte. Aber genau werden wir das nie herausfinden können."

-oOo-

Charlotte blieb noch einen weiteren Tag bei uns und begann, mit Sammy und mir die Entführung, so gut es in der Kürze der Zeit möglich war, aufzuarbeiten. Es würde noch Wochen dauern, bis ich dieses Erlebnis hinter mir lassen konnte. Sammy schien sich davon besser zu erholen als ich. Zumindest konnte er sich jetzt verständlich machen, wenn ihm etwas auf der Seele lag. Er lernte jeden Tag ein wenig mehr, sich zu artikulieren, und merkte, dass dadurch viele Dinge leichter zu erreichen waren. Es machte mich unendlich glücklich, ihn so unbeschwert zu sehen. All die Sorgen, die ich mir um seine Zukunft gemacht hatte, lösten sich zusehends in Luft auf.

Nur eine Sorge schleppte ich unsichtbar mit mir herum. Was wäre passiert, wenn Joseph diesen unseligen Satz nicht ausgesprochen hätte?

Annika Lundgren

Song for Annie

Wochen später führten Sammy, Clare und ich fast wieder ein normales Leben. Sammy wurde von seiner Kinderpsychologin betreut und lernte auf spielerische Art und Weise, mit seinen Ängsten fertigzuwerden. Natürlich hatte er immer noch Albträume, aber sie waren weniger heftig und kamen immer seltener. Er schnatterte mittlerweile wie ein Wasserfall sowohl in Englisch als auch in Schwedisch. Es schien, als wollte er die verlorenen 2 Jahre aufholen, aber es war eine Freude, ihm zuzuhören.

Ich arbeitete mit Charlotte meine Probleme auf und konnte ähnliche Erfolge wie Sammy verbuchen. Es fiel mir dadurch auch im Alltag immer leichter, mein Gleichgewicht zu finden und zu halten.

Allerdings hatte ich mich noch nicht getraut, den Vertrauensbruch von Joseph und meine Enttäuschung darüber anzubringen. Aber ich hatte das Gefühl, das Charlotte sehr wohl wusste, dass da noch etwas war, was mich quälte. Sie war jedoch ein geduldiger Mensch und forcierte es nicht. Wie sie immer sagte: ein Schritt nach dem anderen und nicht alles auf einmal. Dieses Verständnis ihrerseits tat mir sehr gut.

Überhaupt hatten sich einige Dinge in meinem Leben grundlegend positiv verändert.

In meiner Praxis hatte ich einen passenden Ersatz für unsere Nelly gefunden. Brian war jemand, der sich wunderbar in mein Team einfügte und Rachel, May und Dean in nichts nachstand.

Auch Helen war seit einigen Wochen ein fester Teil meines Teams und kümmerte sich nicht nur Rechnungen, die Buchhaltung und andere Dinge, sondern schrieb auch die Patientenberichte vom Diktiergerät und verschaffte mir damit so viel mehr Zeit für meine Patienten und Sammy. Ich bereute keinen Moment, dass sie bei mir arbeitete.

Auf meiner Station betreute ich wie gehabt meine Patienten, hielt Sprechstunden ab, half in so manchen Nächten in der Notaufnahme aus und führte Operationen in meiner Praxis sowie im Krankenhaus durch.

Trotz des Stresses, den ich oft hatte, stellte sich bei mir eine Zufriedenheit ein, wie ich sie lange nicht mehr empfunden hatte. Wenn da nur nicht diese eine Sache wäre, die mir regelmäßig Erinnerungen zurückbrachte, die ich lieber vermieden hätte. Es waren die Lieder von Joseph.

Er hatte mittlerweile eine neue CD herausgebracht, von der immer mal ein Song im Radio lief. Ich erkannte sie sofort, obwohl ich sie noch nie gehört hatte, so einzigartig war seine Stimme. Und jedes Mal drängte sich mir der Gedanke auf, dass diese Musik so gar nicht zu dem Egoismus passte, den er bei dem Telefonat mit dem Staatsanwalt gezeigt hatte.

-oOo-

Als im Herbst die Tage kühler wurden, erwischte mich eine heftige Grippe, von der ich mich nur langsam wieder erholte. Tagelang hatte ich keine Kraft, mein Bett zu verlassen. Fieber, Kopf- und Gliederschmerzen hielten mich in Schach. Clare kümmerte sich um mich und Sammy, wofür ich ihr unendlich dankbar war.

Als ich mich nicht mehr so schlapp fühlte, zog ich von meinem Bett auf die Couch um und las oder zappte mich durch das Fernsehprogramm.

Meistens blieb ich bei irgendeinem Nachrichtensender hängen, so wie jetzt auch.

Sie berichteten gerade über die neu anberaumte Bürgermeisterwahl, und ich wunderte mich, dass es schon wieder so weit war, bis ich den Hintergrund erfuhr.

Plötzlich erinnerte ich mich, dass ich damals mit Inspector Blunt über den MacManus-Fall gesprochen hatte. Und genau diesen Fall hatte er erfolgreich neu aufgerollt. Er hatte Dennis Corin, der auch Joseph im Auftrag von Donna zusammengeschlagen hatte, anhand von DNA-Spuren auf dem Mantel seines Opfers überführt.

Doch er hatte auch hier nicht eher geruht, bis er die Hintermänner gefunden hatte. Es stellte sich heraus, dass der damalige Bürgermeister-Kandidat und mittlerweile amtierende Bürgermeister, Corin beauftragt hatte, da er seine Felle davonschwimmen sah.

Die Ironie des Schicksals war, dass er nun zurücktreten musste und mit einer Anklage zu rechnen hatte. MacManus kandidierte erneut und hatte die besten Chancen, die Wahlen dieses Mal zu gewinnen.

„Karma lässt grüßen", murmelte ich vor mich hin und beglückwünschte Blunt im Stillen zu seinem Erfolg.

-oOo-

Eines Abends, ich saß mit einem Glas Wein auf der Couch und las, kam Clare von einem Stadtbummel mit ihren Freunden nach Hause und setzte sich neben mich.

„Annie, können wir reden?"

Ich legte das Buch beiseite und schaute sie besorgt an.

„Ja klar. Was gibt es?"

„Ich muss mit dir über Joseph sprechen."

Ich verdrehte die Augen.

„Was gibt es da zu reden?"

„Jede Menge. Willst du ihm wirklich keine zweite Chance geben?"

„Wozu? Er hat doch klar gemacht, dass ihm sein Leben wichtiger ist, als das von Sammy oder mir."

Jetzt wirkte sie aufgebracht.

„Das weißt du doch gar nicht! Du hast ihm doch keine Möglichkeit gegeben, sich zu erklären!"

„Clare, es reicht! Ich will nicht mehr über ihn reden oder nachdenken. Es ist alles dazu gesagt."

„Ich habe ihn heute in der Stadt getroffen", sagte sie leise. „Es geht ihm gar nicht gut. Er sah völlig fertig aus und roch nach Alkohol."

Ich war ehrlich betroffen, ließ es mir aber nicht anmerken. Zu tief saß die verbale Verletzung.

Gleichgültig zuckte ich mit den Schultern.

„Und was kann ich dagegen tun?"

„Mit ihm reden. Er wird sich nicht melden, dafür hast du gesorgt."

„Und das war auch gut so. Ich will weder mit ihm noch über ihn sprechen. Kannst du das bitte endlich akzeptieren?"

„Na gut. Aber ich denke, du machst einen großen Fehler. Ich hoffe nur, dass du das einsiehst, bevor es zu spät ist." Sie erhob sich und verließ das Wohn-zimmer.

Ich seufzte. Hatte sie Recht? Litt er wegen mir oder hatte er einfach nur über die Stränge geschlagen? Promis taten ja manchmal Dinge, die nicht gut waren. Alkohol. Drogen. Sex. Skandale.

Ich schüttelte den Kopf. Nein. Ich hatte gehört, was er gesagt hatte. Und es hatte mich tief verletzt.

Hatte es mich wirklich verletzt oder nur an meinem Stolz gekratzt? Hatte Clare vielleicht doch Recht? Ach verdammt! Jetzt musste ich schon wieder an ihn denken, dabei war doch alles gut, so wie es war.

Ist es das wirklich? Oder redest du das dir nur ein?

Die Stimme in meinem Kopf traf leider ziemlich genau meinen wunden Punkt, denn ein wenig einsam fühlte ich mich schon manchmal. Und es schlich sich der Gedanke ein, dass ein Partner meinem Leben vielleicht doch die letzte Ausgewogenheit geben würde, nach der ich mich insgeheim sehnte.

Und plötzlich hatte ich Josephs Gesicht vor Augen. Ich wischte es gedanklich weg.

Nein, er war nicht der Richtige!

Oh doch, du gibst ihm nur keine Chance!

Nein, er war definitiv nicht der Richtige!

Woher willst du das wissen, wenn du nicht mit ihm redest!

Ich weiß es eben!

So ein Quatsch! Nichts weißt du!

Verdammt Clare!

Später, als ich in der Wanne lag, dachte ich wieder und wieder über das nach, was Clare gesagt hatte. Ich rollte genervt mit den Augen und wollte das Ganze vergessen, aber ich konnte nicht.

Was, wenn sie wirklich Recht hatte? Was, wenn er wegen mir litt? Was, wenn er diesen Satz tatsächlich anders gemeint hatte?

Was hatte er denn gesagt? *Weißt Du, was du mir damit antust?* Das konnte wirklich alles bedeuten, aber ich hatte nur eine einzige Interpretation dieses Satzes zugelassen.

Ich rief mir sein Gesicht ins Gedächtnis, die Gespräche mit ihm und seine Lieder. Es passte alles nicht zu dem, was ich glaubte, in diesen wenigen Worten wahrgenommen zu haben.

Er war ein gefühlvoller Mensch, der nie jemanden verletzen würde. Aber ich klammerte mich an meiner Meinung fest und sah nicht nach links oder rechts.

Warum nicht? Und warum hielt ich daran fest? Warum folgte ich nicht Clares Vorschlag, mit ihm darüber zu sprechen?

Weil du Angst hast, zuzugeben, dass du falschlagst, flüsterte mir mein Unterbewusstsein zu.

Du bist feige! Gib zu, dass du ihn vermisst!

Ich schloss die Augen und versuchte, die Stimmen zu ignorieren. Doch sie flüsterten weiter unbarmherzige Wahrheiten in mein Gehirn.

Spring über deinen Schatten! Geht zu ihm! Gib ihm eine Chance!

Und was wäre dann? Würde er mich überhaupt noch wollen? Hatte ich nicht alles kaputt gemacht?

Und wenn nicht? Könntest du damit leben, es nicht wenigstens versucht zu haben?

Ich bewegte mich, das Wasser wurde langsam kalt und ich fröstelte. Ich ließ noch etwas heißes Wasser nach und begann, mich zu waschen. Als ich mit meinen Fingern über meinen Körper glitt, verlor ich mich in dem Gedanken, dass es seine Hände waren, und errötete bei der Vorstellung, wie sie sich wohl anfühlen würden.

Ich hatte nach Benni keine Beziehung mehr gehabt, weil ich es nicht wollte und auch nicht konnte. Doch vor ein paar Monaten hatte sich diese Einstellung geändert.

Ich hatte mich darauf gefreut, vielleicht jemanden kennenzulernen, mit dem ich wieder glücklich werden konnte. Und nun war ich unglücklich, weil ich die einzige Person, mit der ich mir das vorstellen konnte, so vor den Kopf gestoßen hatte, dass sie wahrscheinlich nichts mehr von mir wissen wollte.

Und wenn nicht?, wisperte mein Unterbewusstsein erneut.

„Du gibst nicht auf, was?", murmelte ich.

Nein! Also: Was, wenn nicht?

Tja, was wenn nicht? Das würde ich wohl nie herausfinden, da mir mein verdammter Stolz im Weg stand!

Genau! Willst du das denn wirklich? Willst du nicht die Wahrheit wissen?

Ich seufzte, als ich aus der Wanne stieg. Die Wahrheit – was ist das?

Es waren zu viele Gedanken, zu viele Fragen. Ich wollte heute nicht weiter darüber nachdenken, denn ich würde ohnehin nicht zu einem Ergebnis kommen.

Ausreden, alles nur faule Ausreden, zeterte mein Unterbewusstsein.

Aber eines hatte es geschafft: Der Stachel des Zweifels steckte nun tief in mir drin und würde mich wohl nicht mehr in Ruhe lassen.

-oOo-

Es war Freitag Abend und ich hatte endlich Feierabend und Wochenende. Es war wieder einmal eine jener Wochen gewesen, die mit Notfällen vollgepackt waren. Durch das schlechte Wetter, Schnee und Eis hatte es viele Unfälle und Stürze gegeben. Unser Unfallchirurg kam gar nicht hinterher, sie alle zu operieren. Entsprechend oft war ich mit im OP, um zu assistieren oder andere Fälle zu übernehmen.

Doch nun hatte ich zwei freie Tage und auch keinen Nachtdienst in der Notaufnahme. Ich würde die Zeit nutzen, um mich etwas auszuschlafen.

Nach unserem Streit vor ein paar Wochen hatte sich Clare wieder beruhigt und das Thema Joseph auch nicht wieder angesprochen.

Jedoch hatte ich das Gefühl, dass es für sie noch nicht erledigt war, so wie sie mich manchmal ansah, vor allem wenn sie glaubte, ich würde es nicht merken.

Dabei musste ich mich sehr beherrschen, vor allem wenn wieder mal ein Lied von Joseph im Radio gespielt wurde. Diese Minuten lauschte ich aufmerksam den Texten und versuchte herauszufinden, was er damit sagen wollte. Danach war mir irgendwie immer zum Heulen zumute. Ich kämpfte dagegen an, doch dieser Kerl wollte einfach nicht aus meinem Kopf verschwinden! Warum nur nicht? Ich hasste mich selber für meine Feigheit!

Gerade lief wieder ein Lied, und ich krampfte meine Arme um ein Kissen. Am liebsten würde ich jetzt hemmungslos weinen. Aber ich verbot meinem Kopf, diese Gefühle zuzulassen, und meinem Körper, mich durch Tränen zu verraten. Dabei wusste ich tief in meinem Innersten, dass ich diesen Kampf längst verloren hatte.

Als sich unsere Wohnungstür öffnete, warf ich das Kissen beiseite und schnappte mir mein Buch.

„Hey Annie", trällerte Clare gut gelaunt und setzte sich neben mich.

„Liest du gerade?"

Ich nickte betont fröhlich.

„In einem geschlossenen Buch?" Sie zwinkerte mir zu, und ich legte das Buch beiseite.

„Sag mal, was hältst du davon, wenn wir heute Abend zusammen in einen Pub gehen? Etwas Ablenkung würde uns beiden sicherlich guttun." Erwartungsvoll strahlte sie mich an.

„Ich kann doch Sammy nicht allein lassen."

„Stimmt. Meine Mum steht in den Startlöchern, herzukommen. Sie würde gern auf ihn aufpassen."

Ich überlegte. Vielleicht war es keine schlechte Idee, mit ihr auszugehen. So würde ich auf andere Gedanken kommen und könnte ihr zeigen, dass für mich alles in Ordnung war.

Feigling! Nichts ist in Ordnung!

„Na gut, dann ruf deine Mum an. Ich mache mich in der Zwischenzeit fertig."

„Prima! Ich freu mich drauf."

Und schon war sie in ihrem Zimmer verschwunden.

Ich stand vor meinem Kleiderschrank und überlegte, was als ein pubtaugliches Outfit in Frage kam. Schließlich entschied ich mich, keine Experimente zu wagen. Eine schwarze enge Jeans mit einer Bluse und einem lockeren Blazer darüber mussten reichen. Als Farbtupfer knotete ich noch ein buntes Seidentuch um meinen Hals und betrachtete mich zufrieden im Spiegel.

Feigling!

„So Annie. Und nun zeig der Welt mal, dass du dich auch amüsieren kannst!"

Feigling!

Im Taxi textete mich Clare die ganze Fahrt zu. Sie schien richtig aufgeregt zu sein, und ihre Augen glänzten. Sie brachte mich mit ihrer einmaligen Art zum Lachen und schließlich kicherten wir wie zwei Teenager um die Wette.

Vor einem hell erleuchteten Pub stiegen wir aus. Das typische Stimmengewirr vieler Menschen drang aus der offenen Tür zu uns.

Warum nur kam mir dieser Ort so bekannt vor? Und dann sah ich den Aufsteller:

Heute Abend Live-Musik!
Joseph Silver und Band
Premiere des neuen Albums

Meine gute Laune war schlagartig verschwunden, als ich erkannte, dass wir vor THE MAYFLOWER standen.

Meine Augen zu Schlitzen verengt drehte ich mich zu Clare um, die abwartend hinter mir stand.

„Clare! Wieso schleppst du mich ausgerechnet hierher?"

„Um dir die Chance zu geben, alles zu klären!"

„Ich habe dir schon mal gesagt, dass es da nichts zu klären gibt!"

Feigling! Lügnerin!

„Hör dir doch wenigstens die Lieder von ihm an! Ich sehe doch, wie du leidest, wenn du sie im Radio hörst!"

„Ach, das ist völliger Quatsch!"

Ach ja? Ist es das?

„Nein, ist es nicht!"

Ich machte auf dem Absatz kehrt und stiefelte davon, um mir ein Taxi nach Hause zu rufen. Sie rannte hinter mir her und griff nach meinem Arm. Ich wirbelte herum und funkelte sie wütend an.

„Annie, du hörst mir jetzt zu!", rief sie, ebenso aufgebracht wie ich.

Ich war perplex, so hatte sie noch nie mit mir gesprochen.

Gut so! Endlich spricht mal jemand Tacheles mit dir!

„Annie, du zerstörst gerade sein Leben, von deinem mal abgesehen. Aber das scheint dir alles egal zu sein! Wo ist dein Mitgefühl geblieben? Du bist immer diejenige gewesen, die allem und jedem eine zweite Chance gegeben hat. Wieso nicht auch Joseph? Ist er dir wirklich egal? Ja? Dann tut es mir echt leid, dass ich dich so falsch eingeschätzt habe."

Meine Wut verrauchte und ich beobachtete sie erstaunt. Sie sprach weiter, diesmal ruhiger.

„Er hat die neue CD dir gewidmet. Ich habe sie gehört, und es hat mir das Herz gebrochen. Jedes einzelne Lied zeugt von seiner Sehnsucht nach dir. Willst du das wirklich mit Füßen treten?"

Siehst du?

Ich schaute zu Boden, während mir die Tränen in die Augen traten. Sie kam näher und umarmte mich.

„Das bist nicht du. Du bist nicht egoistisch, sondern mitfühlend. Du sorgst dich um Andere. Die Menschen um dich herum sind dir nicht egal. Und Joseph sollte es auch nicht sein! Bitte Annie, gib ihm und auch dir eine zweite Chance."

Sie trat einen Schritt zurück und ergriff meine Hand.

„Komm mit mir. Hör es dir an. Und dann kannst Du immer noch gehen, wenn du deine Meinung nicht ändern willst."

Mit großen Augen starrte sie mich an und wartete auf meine Antwort.

Verdammt, Annie! Spring endlich über deinen Schatten! Du weißt es doch mittlerweile besser!

Ich war erschüttert über ihre Worte, ihre Kraft und ihre Entschlossenheit. Clare war niemand, der leichtfertig Freundschaften aufs Spiel setzte. Aber heute hatte sie es getan.

Und ich schämte mich für meine Sturheit. Ich sah ein, dass er nicht mich, sondern meinen Stolz verletzt hatte. Und damit hatte ich nicht nur mich unglücklich gemacht, sondern auch ihn, der mir nie einen Anlass dazu gegeben hatte, an seiner Aufrichtigkeit zu zweifeln. Und ich erkannte auch, dass mein Stolz mich dazu gebracht hatte, meine Grundprinzipien zu verraten. Gerade ich als Ärztin sollte es besser wissen.

Ich nickte langsam und wischte mir die Tränen aus dem Gesicht.

„Gut, gehen wir.“

Na endlich!

Sie atmete erleichtert auf und hakte sich bei mir ein.

Im Pub war es dunkel, warm, voll und laut. Ich hörte, wie sich die Musiker warm spielten und die Leute um mich herum schwatzten und lachten. Das Gefühl freudiger Erwartung, Joseph Silver endlich wieder singen hören zu können, lag in der Luft.

Ich setzte mich auf einen Barhocker am hintersten Ende der Theke, während Clare zu ihren Freunden eilte. Plötzlich stand ein Guiness vor mir und die freundlichen Augen von Henry grüßten mich stumm.

Dann setzte eine erwartungsvolle Stille ein, als die ersten Takte der Musik erklangen.

Ich hielt den Atem an und lauschte ergriffen. Dieses Lied kannte ich aus dem Radio, es hatte die Charts in Nullkommanichts gestürmt und war wochenlang auf Platz eins gewesen. Es war eine Ballade vom Feinsten. Er begann dieses Lied mit einem Saxophon-Solo und leitete damit die Geschichte ein, die er mit diesem Song erzählen würde. Seine kräftige Stimme, die ein leicht raues Timbre hatte, wurde von den Instrumenten seiner Band untermalt und brachte damit tief in mir etwas zum Glühen.

Er sang mit geschlossenen Augen, sein Anblick war herzzerreißend. Groß, schlank und ganz in Schwarz gekleidet stand er am Mikrophon. Es schien fast, als würde er sich daran festhalten. Sein Gesicht, mittlerweile wieder ohne Blessuren, war schön wie eh und je. Aber etwas war anders. Und obwohl ich so weit wie möglich von ihm entfernt saß, erkannte ich die Traurigkeit in seinem Blick.

Ein Lied nach dem anderen rührte an meiner Seele, redete mir ins Gewissen und zeigte mir, was für ein Mensch Joseph wirklich war.

Gnadenlos zeigte mir mein Unterbewusstsein auf, wie falsch es gewesen war, mich an einem einzigen Satz festzuklammern, ohne zu wissen, was damit gemeint war.

Und obwohl in mir ein Kampf zwischen Stolz und Einsehen brodelte, lauschte ich andächtig seinen

Songs, ließ die Texte und Melodien auf mich wirken und war fasziniert von der Komplexität der Aussagen dahinter.

Er war wirklich ein begnadeter Künstler und mehr als einmal wischte ich mir Tränen aus dem Gesicht.

Clare hatte es richtig gemacht, mich hierher zu bringen. Es war eine Tortur, mir einzugestehen, dass ich im Unrecht war, aber es war auch irgendwie befreiend.

Und dann hörte ich seine Stimme. Eine Ankündigung. Es wurde still.

„Diesen Song widme ich einem ganz besonderen Menschen. Sie ist heute nicht hier, aber ich hoffe, dass sie ihn eines Tages hört und mich versteht."

So wenige Worte – und doch trafen sie mich tief ins Mark und erschütterten meine Seele.

Sanfte Bässe erklangen im Hintergrund und hießen die E-Gitarren willkommen, die sich dazu gesellten. Seine Stimme, wohltuend und warm, bescherte mir eine Gänsehaut. Und die Geschichte, die er erzählte, brach alle Dämme, wies meinen Stolz in die Schranken und wischte alle Zweifel weg. Ich ließ die Tränen laufen und weinte.

Wie konnte ich nur so dumm sein und an ihm zweifeln? Ich hasste mich in diesem Augenblick selber, für das, was ich ihm angetan hatte. All die

Monate hatte ich mir eingeredet, dass er der Egoist war. Aber Clare hatte Recht! Ich war der Egoist! Mein gekränkter Stolz hatte mich blind gemacht. Und dieses Lied zeigte mir, wie er fühlte, wie er litt!

Wegen Dir!

Ja, wegen mir!

Ich schaute zur Bühne, wo Joseph am Klavier mit geschlossenen Augen mein Solo spielte. Ja, es war mein Solo, denn die Melodie verwandelte meine Beine in Pudding und schmolz mein Herz.

Ich sah den Schmerz in seinen Augen und spürte seine Angst vor der Zukunft.

Die letzten Worte „Sieh, mein Herz, es schlägt in deiner Hand", waren kaum mehr als ein Flüstern, und dennoch brach seine Stimme am Schluss.

Als der letzte Akkord verklungen war, herrschte eine andächtige Stille. Es war, als würde jeder spüren, wie besonders dieser Moment für ihn war. Für einen winzigen Moment stand die Welt still, zumindest für die Menschen in diesem Pub.

Und als er sich aufrichtete, sich dankend vor seinem Publikum verbeugte und von der Bühne verschwand, toste der Applaus los.

Ich war völlig durcheinander und die Tränen liefen ungehindert. Plötzlich stand Henry neben mit und reichte mir ein Taschentuch.

„Geh zu ihm, sonst sind heute Nacht zwei gebrochene Herzen einsam."

Ich schaute ihn dankbar an. Wie konnte er nur so nett sein, nach allem, was ich Joseph angetan hatte? Aber letztlich hatte er es auf den Punkt gebracht.

Er lächelte mich ermutigend an und wies mir mit dem Kopf die Richtung.

Zaghaft klopfte ich an die Tür, die mir Henry gezeigt hatte. Keine Reaktion. Ich klopfte noch einmal, diesmal lauter. Plötzlich öffnete sie sich einen Spalt, und da stand er. Ausdruckslos starrte er mich an und sagte keinen Ton.

„Darf ich reinkommen?"

Er zog die Tür ganz auf, drehte sich um und blieb mitten im Zimmer stehen. Ich folgte ihm langsam und schloss die Tür hinter mir.

Verlegen trat ich von einem Fuß auf den anderen. Wie sollte ich dieses Gespräch nur beginnen?

„Ich habe dein Lied gehört."

Keine Reaktion.

„Und ich möchte dir dafür danken."

Langsam drehte er sich zu mir um.

„Es hat mir klar gemacht, wie falsch ich lag."

Er schloss die Augen und neigte den Kopf.

„Ich möchte dich um Verzeihung bitten, dass ich dich so verletzt habe."

Hoffnung und Erleichterung huschten über sein Gesicht. Er schaute mich an, bewegte sich aber immer noch keinen Zentimeter.

„Ich weiß nicht, ob ich es je wieder gutmachen kann."

Ich kämpfte um jedes Wort. Aber es musste alles ausgesprochen werden, damit nichts mehr zwischen uns stand.

„Ich weiß jetzt, dass ich im Unrecht war. Aber als ich es erkannt hatte, stand ich mir selbst im Weg."

Sein Blick wurde weicher.

„Kannst du mir verzeihen, bitte?", flüsterte ich, und wieder stiegen mir Tränen in die Augen.

„Kannst du dir denn selbst verzeihen?" Seine Stimme war heiser.

„Ich kann es versuchen."

„Dann kann ich es auch."

Erleichtert atmete ich auf und sah ihm in die Augen. Dann raffte ich all meinen Mut zusammen und sprach das aus, was mir am schwersten fiel: „Wir kennen uns viel zu wenig, und diese Situation war ... sie war ..." Ich wusste nicht mehr weiter, aber es schien, als hätte er verstanden, worauf ich hinaus wollte.

„Kompliziert?"

„Ja, mehr als das."

„Möchtest Du denn, dass wir uns besser kennen lernen?"

„Es ist so viel passiert. Wie könnte das gelingen?"

„Wir könnten klein anfangen. Mit einem zweiten ersten Date zum Beispiel?"

Mir fiel bei seinem Vorschlag ein riesiger Stein vom Herzen. Erleichtert nickte ich, und er ergriff meine Hand.

„Ok, dann ein Date. Darf ich dich morgen Abend zum Essen einladen?"

„Morgen Abend?"

Er nickte, Freude und Hoffnung standen ihm ins Gesicht geschrieben.

„Ja, das darfst du."

Ende

Song for Annie

Annika Lundgren

Danksagung

Liebe Leserin, lieber Leser,

ich danke Dir sehr herzlich, dass Du dieses Buch gelesen hast. Ich hoffe, Du hattest mindestens so viel Spaß beim Lesen, wie ich beim Schreiben.

Die Inspiration zu der Geschichte über Annie, Joseph und Sammy kam einfach so wie die Biene zur Blüte. Sie flatterte mir schon einige Zeit im Kopf herum, und irgendwann beschloss ich, sie aufzuschreiben. Ich setzte mich hin und fing einfach an, und schrieb, und schrieb, und schrieb …

Es ist die Geschichte von Annie. Oftmals ist im Leben ja nicht alles beieinander. Also warum sollte es bei Annie nicht auch so sein? Sie ist eine brillante Ärztin und ein herzensguter Mensch. Jedoch hat ihr das Schicksal auf grausame Art und Weise den Mann genommen und sie sowie ihren Sohn Sammy in ein Trauma gestürzt. Doch als sie Joseph kennenlernt, beginnt sie sich zu fragen, ob es nicht an der Zeit ist, sich von ihrer Vergangenheit zu lösen und in die Zukunft zu blicken.

Aber es ist auch die Geschichte von Joseph. Liebevolle Eltern, eine unbeschwerte Kindheit, feste Familienbande und eine große Gemeinschaft an echten Freunden prägten sein bisheriges Leben und haben ihn zu dem gemacht, der er ist. Aber auch negative Erlebnisse gehören zu seinem Leben als Promi dazu, wie er schmerzlich feststellen muss. Annie ist für ihn sicherlich zuerst die helfende Hand, die sich um ihn kümmert, als er ärztliche Hilfe braucht. Doch er stellt fest, dass auch sie Probleme mit sich herum schleppt. Im Laufe seines Aufenthaltes in ihrer Praxis fasziniert sie ihn immer mehr. Er möchte sie besser kennenlernen, aber sie hält ihn auf Abstand.

Und schließlich ist es auch die Geschichte von Sammy, Annies Sohn, die eine dramatische Wende nimmt. Ich habe selbst einen Sohn und habe versucht, mir vorzustellen, wie es ist, wenn er entführt würde. Liebe Leserin, lieber Leser, es ist eine furchtbare Vorstellung, und die Realität ist sicherlich tausendmal schlimmer. Ich wünsche keiner liebenden Mutter so ein Erlebnis! Dementsprechend hatte ich auch ziemlich oft beim Schreiben mit den Tränen zu kämpfen.

Ursprünglich war die Geschichte etwas länger und trug sehr viel Ballast mit sich herum. Mit Hilfe von

Nathalie C. Kutscher habe ich sie radikal überarbeitet und eingekürzt. Vor allem habe ich mich auf Annie konzentriert.

Das alles hätte ich nicht geschafft, wenn es nicht liebe Menschen um mich geben würde, die mich unterstützt und ermutigt haben. Zu allererst möchte ich daher meinem Mann und meinem Sohn danken, die es akzeptiert und unterstützt haben, dass ich teilweise wie in Trance auf die Tasten meines Laptops eingehämmert habe.

Meinen Eltern und meinen Freunden gebührt ebenso mein Dank. Sie haben sich meine Ideen angehört, Passagen gelesen und immer wieder konstruktive Kritik gegeben.

Ein riesengroßes Dankeschön geht an meine gute Freundin, Lektorin und Coverdesignerin Nathalie C. Kutscher. Ihre direkte und ehrliche Art, gepaart mit wertvollen konstruktiven Hinweisen und Ideen, haben das Buch zu dem gemacht, was es jetzt ist. Und ich liebe die Verwandlung, die hier passiert ist.

Und nicht zuletzt danke ich Dir, liebe Leserin und lieber Leser, dass Du mein Buch tatsächlich bis zu Ende gelesen hast. Ich hoffe, ich konnte Dir mit meiner Geschichte ein Lächeln ins Gesicht, eine Sorgenfalte auf die Stirn und eine Träne ins Auge zaubern. Denn ist es nicht genau das, was uns Menschen ausmacht? Gefühle, und zwar eine ganze Palette davon!

Und wenn ich das bei Dir, liebe Leserin und lieber Leser, erreicht habe, dann freut mich das wirklich sehr.

Würdest Du mir auch eine Freude machen? Erzählst Du mir, wie Dir meine Geschichte gefallen hat, vielleicht auch, was Dir nicht so gefallen hat? Mit einem Feedback auf Amazon machst Du mir eine sehr große Freude und unterstützt meine Arbeit als Autor. Ich danke Dir dafür sehr herzlich.

Liebe Grüße.

Deine Annika Lundgren

SONG FOR ANNIE

Annika Lundgren